सारा शहर मुझे...

सारा शहर मुझे...

इक़बाल रिज़वी

वाणी प्रकाशन

वाणी प्रकाशन

4695, 21-ए, दरियागंज, नयी दिल्ली 110 002

फ़ोन : +91 11 23273167 फ़ैक्स : +91 11 23275710

शाखाएँ

अशोक राजपथ, पटना 800 004, बिहार

कॉफ़ी हाउस कैम्पस, महात्मा गांधी मार्ग, इलाहाबाद 211 001, उत्तर प्रदेश

महात्मा गांधी अन्तरराष्ट्रीय हिन्दी विश्वविद्यालय, वर्धा 442 001, महाराष्ट्र

36/ए, शेक्सपीयर सरणी, रानी बिरला गर्ल्स कॉलेज के पास, कोलकाता 700 017, प. बंगाल

www.vaniprakashan.com
marketing@vaniprakashan.in
sales@vaniprakashan.in

Sara Shahar Mujhe....
by Iqbal Rizvi

ISBN : 978-93-5518-860-1
Non-Fiction/Memoirs

प्रथम संस्करण 2023

मूल्य : ₹ 399

आर. टेक ऑफ़सेट प्रिंटर्स, दिल्ली-110 032 में मुद्रित

वाणी प्रकाशन का लोगो मक़बूल फ़िदा हुसेन की कूची से

तुम आ गये हो नूर आ गया है...

जीवन साथी डॉ. ज़ीनत हसनैन के नाम

मेरी बात

जब मैंने अपने परिचितों को बताया कि मै अजीत साहब पर किताब लिख रहा हूँ तो ज़्यादातर लोगों ने पूछा कि अजीत पर क्यों लिख रहे हो? मेरे पास इस सवाल का जवाब न तब था न अब है। सवाल तो ठीक ही है। अजीत सुपर स्टार नहीं थे। वो ऐसे अदाकार भी नहीं थे जिनकी वजह से सिनेमा को नयी ऊँचाइयाँ मिली हों न ही उनका फ़िल्मी जीवन इतना चर्चित रहा कि जिसके बारे में बताना ज़रूरी हो। तो फिर अजीत पर किताब की वजह?

इसका कोई जवाब मेरे पास नहीं हैं, लेकिन इतना मुझे याद है कि इस किताब की बुनियाद क्यों पड़ी? दरअसल, जब सुभाष घई की फ़िल्म 'कालीचरण' रिलीज़ हुई तब मैं स्कूल में था और किसी तरह से पैसों का इन्तज़ाम करने के बाद घरवालों से छिपकर फ़िल्म देखी थी। फ़िल्म देखकर सिनेमा हॉल से बाहर निकला तो सिर्फ़ रीना रॉय याद रहीं। फिर जैसे-जैसे 'कालीचरण' चर्चित होने लगी तो धीरे-धीरे दो संवाद दिमाग़ में जगह बनाने लगे। "सारा शहर मुझे लॉयन के नाम से जानता है" और "पानी के बिना मछलियाँ कैसे तड़प रही हैं?" मुझे हैरत थी कि इससे पहले मैं 'चरस', 'बारूद', 'जुगनू', 'वारंट' और 'यादों की बारात' में अजीत साहब को देख चुका था। 'वारंट' में अजीत साहब द्वारा तेज़ाब के पूल में मुर्गा डलवा कर उसकी हड्डियों का ढांचा निकलता देख मैं काफ़ी दिनों तक रोमांचित भी रहा था। लेकिन कालीचरण में बोलने का लहजा, असरदार अदायगी और एक रौबदार चेहरा, ये सब आपसे में घुलमिल कर मेरे साथ हमेशा के लिए चिपक कर रह गये। साथ ही, यह भी पता चला कि अजीत साहब तो मेरे शहर बरेली के पड़ोसी शहर शाहजहाँपुर के थे। लिहाज़ा, अपनी तरफ़ से उनसे नज़दीकी भी स्थापित कर ली थी।

समय गुज़रा। कुछ साल के लिए फ़िल्मों से नाता छूट गया। 1995 में मैंने दिल्ली में देश के पहले निजी समाचार चैनल 'टीवीआई न्यूज़' में नौकरी कर ली। वहाँ फिर लॉयन की चर्चा सुनी, इस बार चुटकुलो के रूप में। मेरे ऑफ़िस में एक से एक धारदार चुटकुले सुनने को मिलते। दिल्ली में ही मुझे पता चला कि इन्हें 'अजीत जोक्स' कहते है। इन जोक्स के बहाने अजीत की संवाद अदायगी पर भी बात हो जाती थी। ऑफ़िस में हिन्दी सिनेमा में गहरी दिलचस्पी लेने वाले कई लोग थे। धीरे-धीरे अजीत साहब की फ़िल्मों की यादें ताज़ा होने लगीं और साल 1998 में जब अजीत साहब के निधन की ख़बर आयी तो मेरे कई सहयोगियों से अजीत के फ़िल्मी जीवन के मूल्यांकन पर बात हुई। समाचार पत्रों और पत्रिकाओं ने उनके बारे में ख़ूब छापा। मुझे लगा कि मैं अजीत साहब के बारे में बहुत कम जानता था। मैं तो उन्हें "सारा शहर मुझे लॉयन के नाम से जानता है", के ही आस-पास रखकर सोचता था।

अगले साल चैनल बन्द हो गया। कुछ समय के लिए मेरे लिए सब कुछ ठहर-सा गया था। साल भर बाद जब नयी नौकरी मिली तब फिर से सिनेमा के बारे में जानना, पढ़ना और देखना शुरू किया। उसी दौर में दिल में ख़याल आया कि अजीत साहब की ज़िन्दगी ख़ासी उतार-चढ़ाव वाली रही है उनकी ज़िन्दगी पर दिलचस्प किताब तैयार हो सकती है, लेकिन एक किताब तैयार करने के लिए अच्छी-ख़ासी सामग्री की ज़रूरत पड़ती है। दिल्ली में रहकर मैं किसी ऐसे शख़्स से नहीं मिल पाया जो अजीत साहब के परिवार के किसी सदस्य के सम्पर्क के बारे में बता सके। बस, एक पत्रिका में यह ज़रूर पढ़ने को मिला कि लेखक सलीम ख़ान अजीत के बहुत क़रीबी थे। अब धीरे-धीरे अजीत साहब पर किताब लेखने का विचार मज़बूत होने लगा। मैंने उनके बारे में मिली छोटी-छोटी जानकारियों को अपने पास दर्ज करना शुरू कर दिया। कुछ साल तक यही सिलसिला चला। इस दौरान जब भी, जहाँ भी मौक़ा मिलता, अजीत साहब की उपलब्ध फ़िल्में देखनी शुरू कीं। तब तक उनकी उस दौर की फ़िल्में मैं नहीं देख पाया था जिनमें वे हीरो थे।

साल 2010 में न्यूज़ चैनल 'आईबीएन 7' के एक कार्यक्रम के सिलसिले में मुम्बई जाना हुआ। मैंने पहले ही सलीम ख़ाँ साहब से तय कर लिया था कि मैं उनसे अजीत साहब के बारे में बात करना चाह रहा हूँ।

उन्होंने मेरा उत्साह बढ़ाते हुए मुझे अपने घर पर बुला लिया। सलीम साहब से अजीत साहब के बारे में बात कर तमाम ऐसी जानकारियाँ मिलीं जो मैंने कभी कहीं नहीं पढ़ी थीं। उनसे हुई बात चीत में कई टूटी हुई कड़ियाँ जुड़ीं। यह पता चला कि अजीत साहब के अभिनेता पुत्र शहज़ाद अली ख़ाँ का परिवार और हैदराबाद में रहने वाले अजीत साहब के तीन बेटों का परिवार अलग-अलग परिवार हैं। सलीम साहब से कई ऐसे लोगों के बारे में भी जानकारी मिली जिनसे अजीत साहब के बारे में बात की जा सकती थी, लेकिन सलीम साहब के पास हैदराबाद स्थित अजीत साहब के परिवार का सम्पर्क नम्बर नहीं था। इसके बाद मुम्बई में कुछ लोगों से अजीत साहब के बारे में जानकारी इकट्ठा करने में मेरी सहयोगी रह चुकी फ़रहीन फ़ातमा और नीतू राणा ने काफ़ी मदद की।

अब मैं किसी भी तरह हैदराबाद में रहने वाले अजीत साहब के बेटों से सम्पर्क करना चाह रहा था, लेकिन कोई सूत्र ही नहीं मिल पा रहा था। उनके बेटों का फ़िल्मी दुनिया से कोई रिश्ता नहीं था, इसलिए उन्हें ढूँढ़ना ख़ासी परेशानी का कारण बन गया। क़रीब दो साल बाद स्तम्भकार और फ़िल्म इतिहासकार शिशिर कृष्ण शर्मा की मदद से हैदराबाद स्थित अजीत के बंगले का पता तो मिल गया, लेकिन फ़ोन नम्बर नहीं मिल सका। कुछ समय बार मैंने हैदराबाद में 'आईबीएन 7' के ब्यूरो प्रमुख आशीष पाण्डे को वह पता भेज कर अजीत साहब के बेटों से सम्पर्क करने को कहा। हफ्ते भर में ही आशीष ने मुझे अजीत साहब के बड़े बेटे शाहिद अली ख़ान से बात कर उनका फ़ोन नम्बर मुझे भेज दिया। शाहिद अली साहब से फ़ोन पर बात हुई। उन्होंने सुझाव दिया कि हैदराबाद में उनसे आमने-सामने बात करना ही मेरे लिए फ़ायदेमन्द रहेगा, लेकिन मेरा हैदराबाद जाने का मामला टलता रहा।

साल भर बाद एक दिन मेरी भाँजी इरम का फ़ोन आया कि उसके पति ज़ैग़म का तबादला हैदराबाद हो गया है और अब मैं अजीत साहब पर रिसर्च करने के लिए वहाँ आ जाऊँ। इरम और ज़ैग़म के बार-बार फ़ोन करने पर आख़िरकार मैं हैदराबाद पहुँचा। शाहिद अली साहब से मुलाक़ात हुई। मुझे ये बात रोमांचित कर रही थीं कि मैं लॉयन के घर पर बैठा हूँ। मैं दो दिन तक बहुत सुलझे हुए दिमाग़ के मालिक शाहिद अली साहब से इंटरव्यू करता रहा। वो मेरे हर सवाल का बहुत विस्तार से जवाब देते रहे।

अजीत साहब को लेकर मीडिया में फैले कई भ्रम दूर हुए। उनके परिवार के बारे में बात करने के मुद्दे पर शाहिद अली ने कभी की झिझक नहीं दिखाई। सलीम साहब की दी गयी जानकारी और शाहिद अली के दोस्ताना व्यवहार के चलते अगले एक साल में मैंने अजीत साहब पर काफ़ी सामग्री इकट्ठा कर ली। फिर भी कुछ-कुछ लिखने और कुछ सोचने के बीच मेरे आराम तलब रवैये की वजह से किताब का काम पूरा नहीं हो सका। इस बीच जल्द से जल्द किताब पूरी करने के लिए मेरे मित्र संजीव पालीवाल, तस्लीम ख़ाँ और अनन्त विजय ने मेरे ऊपर लगातार दबाव बनाये रखा।

किताब पूरी करने के चौतरफ़ा दबाव के बावजूद मैं फ़ालतू कामों की अधिकता और आराम तलबी के बीच ताल-मेल बिठाता रहा। यहाँ तक कि मैंनें तीन अन्य किताबें भी लिख दीं, लेकिन अजीत साहब की किताब पूरी नहीं कर सका। क़रीब चार साल तक शाहिद अली साहब से सम्पर्क में रहने के बावजूद उन्होंने मुझे से कभी नहीं पूछा कि मैं किताब कब पूरी करूँगा। और फिर एक दिन उनका फ़ोन आया तो उन्होंने बताया कि डैडी के जन्मदिन के 100 साल जनवरी 2022 में पूरे होने जा रहे हैं। इस मौक़े पर एक समारोह करने का इरादा है। अच्छा हो कि आपकी किताब भी वहाँ पेश की जाये। मैंने उनसे तो कह दिया कि ज़रूर, मैं बस आपको महीने भर में भेजता हूँ, लेकिन मुझे बहुत शर्मिन्दगी-सी महसूस हुई कि मैं 11 साल से एक किताब की तैयारी कर रहा हूँ और लिख नहीं पाया। ख़ैर, अब किताब लिखी जा चुकी है। इस किताब की लम्बी यात्रा में बहुत-से ऐसे लोग हैं जिनका इसमें बहुत महत्त्वपूर्ण योगदान रहा है। कुछ नाम तो मैं ऊपर दर्ज़ कर चुका हूँ।

सिनेमा की गहरी जानकारी रखने और जमकर लिखने वाले बॉबी सिंह, दुर्लभ फ़िल्मों के बड़े संग्रहकर्ता विवेक कुमार, अपराध जगत् के बारे में कई महत्त्वपूर्ण पुस्तकों के लेखक विवेक अग्रवाल, फ़िल्मी पत्रिकाओं के संग्रहकर्ता मोहम्मद रेहान संजीव राजपूत, पत्रकार फज़्ले गुफ़रान और लेखक-सम्पादक मित्र देव प्रकाश चौधरी का बहुत बहुत आभार, जिन्होंने सिनेमा सामग्री और ज़रूरी जानकारियाँ मुझसे साझा कीं।

अब आप उस शख़्स की कहानी पढ़ने जा रहे हैं जो आज भी 'लॉयन' के नाम से याद किया जाता है। सिनेमा के पर्दे पर वो ख़ुद तो कहते थे कि

सारा शहर मुझे 'लॉयन' के नाम से जानता है, लेकिन हक़ीक़त यह है कि सारी दुनिया उन्हें 'लॉयन' के नाम से याद करती है।

अदाकार कोई कितना भी महान क्यों न हो, उसका एक दौर होता है। बाद की पीढ़ियाँ उसे भूलने लगती हैं। यह सभी के साथ होता है। अजीत के साथ भी यही होता, लेकिन इसे इत्तेफ़ाक़ कहा जाये या उनकी क़िस्मत, अजीत कभी महान अदाकार या सुपर स्टार नहीं रहे। फिर भी उनके बोलने का अन्दाज़ इतना लोकप्रिय हुआ कि उनके गुज़र जाने के 24 साल बाद भी उनके अन्दाज़ में चुटकुले गढ़कर उनके लहज़े में सुनाये जा रहे हैं। ताज़ा तरीन 'अजीत जोक' यह है—

बॉस-मोना, इसे अंडर कंसट्रक्शन फ़्लैट दिलवा दो।

मोना–क्यों, बॉस?

बॉस–बेवकूफ़, फ़्लैट की ईएमआई इसे जीने नहीं देगी और फ़्लैट मिलने की उम्मीद इसे मरने नहीं देगी।

कैसे एक आम इन्सान इतना मशहूर हुआ कि उसके मरने के सालों बाद भी उसकी लोकप्रियता बनी हुई है, यही क़िस्सा दर्ज़ है इस किताब में।

—इक़बाल रिज़वी

अंग्रेज़ी राज के दौरान हिन्दुस्तान में कई रियासतें अफ़गाननिस्तान के सैनिकों को अपनी फ़ौज में नौकरी देने को उत्सुक्त रहती थीं। मुग़ल राज्य की स्थापना के बाद जब हुमायूँ से अफ़गानी पठान शेरशाह सूरी ने सत्ता छीन ली तो भारत में बड़ी संख्या में अफ़गान सैनिक भारत आये। मुग़ल सत्ता के अन्तिम दौर में तो अफ़गानिस्तान के रोह इलाक़े में रहने वाले रुहेले पठानो ने उत्तर प्रदेश के शाहजहाँपुर से दिल्ली की सरहद तक अपना साम्राज्य खड़ा कर लिया। पूरा पश्चिमी उत्तर प्रदेश आज़ादी के बाद तक रुहेलखण्ड के नाम से जाना जाता था। ब्रिटिश राज में रुहेलों की राजधानी रामपुर बनी। वहाँ के नवाब यूसुफ़ अली ख़ाँ अंग्रेज़ों के मित्र बन गये। इस तरह पठानो को रुहेलखण्ड में फलने-फूलने और फैलने के मौक़े मिलते रहे। अपनी आक्रमकता, लड़ाकू प्रवृत्ति और वफ़ादारी की वजह से अफ़गान सैनिकों की ब्रिटिश राज में भी माँग बनी रही।

मुग़ल सम्राट् शाहजहाँ के दौर में कन्नौज के शासक बहादुर ख़ाँ रुहेला ने शाहजहाँ के नाम पर शाहजहाँपुर शहर की बुनियाद डाली। उसने अफ़गानिस्तान से रुहेलों को वहाँ रहने के लिए आमन्त्रित किया। रोह इलाक़े की क़रीब 52 बस्तियों के बहुत-से पठान परिवारों ने शाहजहाँपुर को अपना घर बना लिया। (कन्धार) अफ़गानिस्तान में उनकी बस्तियों के जो नाम थे, उन्हीं नामो से उन्होंने शाहजहाँपुर में भी मोहल्ले आबाद किये। शाहजहाँपुर में आज भी कई मोहल्लों के वही नाम हैं जो अफ़गानिस्तान के कन्धार में मोहल्लों के थे। अफ़गानों ने अपनी ज़मीन ज़रूर छोड़ी, लेकिन वो जहाँ भी बसे, एक छोटा-सा अफ़गानिस्तान बसा लिया।

अफ़गानिस्तान में बड़ोजई नाम का कबीला घोड़ों के व्यापार के लिए जाना जाता था। सन् 1900 के आस-पास इसी कबीले का एक सरदार

कन्धार से शाहजहाँपुर पहुँचा। उसने शाहजहाँपुर में जहाँ बसेरा डाला, उस मोहल्ले का नाम 'बड़ोजई' कहलाया, जिसे आज भी इसी नाम से जाना जाता है। बड़ोजई कबीले के इस मुखिया को जल्द ही हैदराबाद के निज़ाम की सेना के लिए घोड़ों के व्यापार का मौक़ा मिल गया। मुखिया के बेटे बशीर अली ख़ान को अपने पिता का पेशा ही पसन्द था। घोड़ों के बारे में उनके ज्ञान की क़द्र होती थी। घोड़ों की नस्ल, उनका चारा, उनकी बीमारियाँ और अलग-अलग इलाक़ों में अलग-अलग मौसमों का घोड़ों पर पड़ने वाले असर के बारे में बशीर अली को गहरी जानकारी हो गयी थी। उस समय वेटनरी के डॉक्टर जैसा कोई पेशा तो नहीं था, लेकिन घोड़ों और ऊँट की नब्ज़ समझने वालों को हर सेना में इज़्ज़त का स्थान मिला करता था। पठानों के लिए सैनिक बनना या सेना से जुड़े काम करना फ़ख़्र की बात हुआ करती थी। पिता हैदराबाद गये तो युवा बशीर अली ख़ाँ भी उनके साथ चले गये। बशीर अली ख़ाँ को निज़ाम की सेना में घोड़ों के विशेषज्ञ के तौर पर नौकरी मिल गयी। अब पिता ने सोचा कि बशीर अली की शादी करने का यह सही समय है तो उन्होंने बेटे के रिश्ते की तलाश में शाहजहाँपुर का रुख़ किया क्योंकि मूल रूप से उनका पूरा कबीला वहीं बसा था।

जल्दी ही बशीर अली ख़ाँ के लिए मुनासिब रिश्ता मिल गया और उनकी शादी कर दी गयी। शादी कर बशीर अली ख़ाँ वापस हैदराबाद आ गये। कुछ समय बाद पहली सन्तान के रूप में उनका बेटा ज़ाहिद पैदा हुआ तो उनकी ख़ुशी का ठिकाना नहीं रहा, लेकिन उनकी ख़ुशी बहुत दिन क़ायम नहीं रह पायी क्योंकि कुछ समय बाद ज़ाहिद की मृत्यु हो गयी। कुछ अर्से के बाद बशीर अली ख़ाँ के घर में एक बेटी ने जन्म लिया। वक़्त बीतता रहा और 27 जनवरी, 1922 को उनके घर एक बेटे ने जन्म लिया। बेटे का नाम रखा गया हामिद अली ख़ाँ। आगे चलकर हामिद अली की एक बहन और एक भाई का भी जन्म हुआ।

हामिद अली ख़ाँ के पिता गोलकुण्डा के उस क्षेत्र में रहते थे जो ख़ासकार निज़ाम की सेना के लिए बसाया गया था। हामिद जब कुछ बड़े हुए तो उन्हें और उनके छोटे भाई को पढ़ाने के लिए घर पर मौलवी को नियुक्त किया गया। आगे चलकर उन्हें स्कूल में दाख़िल कराया गया। स्कूल में कोई ऐसा खेल नहीं था जिसमें हामिद को दिलचस्पी न रही हो।

निज़ाम की सेना में होने की वजह से उनके पिता को घर से दूर अक्सर कैंप में दिन गुज़ारने होते थे। जिन दिनों वो कैम्प में जाया करते थे, घर के बच्चों की चाँदी हो जाती थी। वो दिन भर खेलते और ऊधम मचाते रहते थे। तब हामिद अली की उम्र 12-13 साल रही होगी जब उन्होंने फ़ुटबॉल को अपना ख़ास शौक़ बना लिया। हालाँकि बचपन से ही हामिद कम बोलते थे लेकिन फिर भी वे काफ़ी तेज़ तर्रार और मेहनती थे। गवर्मेंट हाई स्कूल नामपल्ली, हैदराबाद में नवीं कक्षा तक पहुँचते-पहुँचते हामिद स्कूल के बेहतरीन फ़ुटबॉल खिलाड़ी के रूप में शोहरत पाने लगे। वे अपने दोस्तों के साथ घर से 20 किलोमीटर दूर स्कूल साइकिल से आते-जाते थे। रास्ते में आये दिन वो आपस में रेस लगाते रहते थे।

हाईस्कूल के बाद हामिद अली ने गवर्मेंट जूनियर कॉलेज हनामकोंडा, वारंगल में एडमिशन लिया। पूर्व प्रधानमन्त्री पीवी नरसिम्हा राव भी उसी कॉलेज में पढ़ते थे। वे हामिद से दो साल सीनियर थे, लेकिन दोनों एक ही हॉस्टल में रहते थे। कॉलेज पहुँचने के बाद हामिद फ़ुटबॉल टीम में शामिल हो गये और राष्ट्रीय स्तर की फ़ुटबॉल प्रतियोगिताओं में भागीदारी की। फ़ुटबॉल के अलावा क्रिकेट में भी हामिद ने हाथ आज़माया और कॉलेज की टीम के कैप्टन बने। शायद कुदरत ने उन्हें ऐसी प्रतिभा दी थी कि उन्होंने जिस खेल में भी हिस्सा लिया, उसमें आगे-आगे रहे। लेकिन फ़ुटबॉल उनका पसन्दीदा खेल रहा, जिसमें उनकी दिलचस्पी उम्र के आख़िरी दौर तक रही। पिता को हामिद अली के खेलने के शौक़ पर कोई ऐतराज़ नहीं था क्योंकि वो हामिद को सेना में भर्ती करना चाहते थे और इसके लिए अच्छी क़द-काठी का मज़बूत बदन होना ज़रूरी था। उन्हें यह देख सन्तोष मिल रहा था कि हामिद एक मज़बूत क़द-काठी का मालिक बनता जा रहा है।

कॉलेज में ही हामिद का परिचय नाटकों की दुनिया से हुआ। उनके कुछ साथी कॉलेज में होने वाले नाटकों में हिस्सा लिया करते थे। वे उनके साथ रिहर्सल में जाते थे। नाटकों की तैयारी और फिर उनके मंचन तक की प्रक्रिया हामिद को बहुत दिलचस्प लगती थी। यह एक ऐसी दुनिया थी जिससे हामिद का पहले कभी परिचय नहीं हुआ था। इस दौरान उनके एक फुफेरे भाई को सेना में भर्ती करा दिया गया था। सैनिक ट्रेनिंग के दौरान कड़े अनुशासन और बेहद कठोर जीवन के क़िस्से आये दिन हामिद अपने

उस भाई से सुना करते थे। हामिद को अहसास था कि एक दिन उनके पिता उन्हें भी सेना में भर्ती करायेंगे। हामिद को सैनिकों के काम से कोई ऐतराज़ नहीं था बल्कि घर में पिता की बन्दूक़ को देख वो हमेशा उसके इस्तमाल की तरक़ीब ढूँढ़ा करते थे, लेकिन सैनिक जीवन का कठोर अनुशासन उन्हें नहीं भाता था।

घर में अक्सर चर्चा होती थी कि हामिद को कॉलेज की पढ़ाई के बाद सेना में भर्ती होना होगा क्योंकि पीढ़ियों से चली आ रही सैनिक परम्परा वाले परिवार में लड़कों के लिए इससे बेहतर और सम्मानजनक क्या हो सकता था कि वे सेना में शामिल हों। लेकिन सेना के जीवन के प्रति हामिद के मन में डर-सा पैदा हो गया था। वो तो खेल की दुनिया में नाम कमाना चाहते थे। हालाँकि नाटकों में उनकी दिलचस्पी बढ़ रही थी, लेकिन अभी तक उनके मन में यह बात नहीं आयी थी कि उन्हें नाटकों की दुनिया में अपना कॅरियर देखना चाहिए। वे तो दोस्तों के साथ रहने के शौक़ में नाटकों से जुड़े हुए थे और नाटकों का जादू उन्हें अपनी गिरफ़्त में जकड़ता जा रहा था। लेकिन हामिद अपने घर के कड़े माहौल से भी वाकिफ़ थे। उन्हें अहसास था कि नाटक का साथ कॉलेज तक ही रह पायेगा। इसके बाद उनके पिता कभी यह बर्दाश्त नहीं करेंगे कि वे सेना में न जाकर नाटक करते रहें।

यह एक ऐसा समय था जब सामाजिक हलक़ों में थिएटर और सिनेमा को सम्मान की दृष्टि से नहीं देखा जाता था। यहाँ तक कि फ़िल्में देखना भी बुरी बात मानी जाती थी, लेकिन हामिद के लिए सिनेमा देखना कभी कोई परेशानी नहीं बना। इसकी वजह यह थी की हैदराबाद के रॉयल टॉकीज़ और दो-तीन दूसरे सिनेमाघरों में उसके मामू के पास कैंटीन का ठेका हुआ करता था। इस वजह से फ़िल्म देखने में कोई दिक़्क़त नहीं थी। मामू ने भी कभी मना नहीं किया। पहली फ़िल्म देखने के बाद उसका नशा दूसरी फ़िल्म देखने तक सिर पर सवार रहता था। हाल में अँधेरा होते ही दिल की धड़कनें तेज़ होने लगती थीं। पर्दे पर चलते फ़िरते लोग, डायलॉग, गाने, लड़ाई के दृश्य पूरे शरीर में उत्तेजना भर देते थे। हामिद फ़िल्म देखते वक़्त उसके प्रसंगों से इतनी गहराई से जुड़ जाते कि पर्दे पर किसी का पीछा होते देख वो उत्तेजना में कुर्सी से उठ खड़े होते। तलवारबाज़ी और लड़ाई के दृश्यों के दौरान उसके हाथ कुर्सी के हत्थों को मज़बूती से पकड़े रहते।

मामू की वजह से हामिद अली को एक ही हफ़्ते में एक फ़िल्म को तीन-चार बार देखने का मौक़ा मिल जाता था। पहली फ़िल्म जो उन्होंने देखी वह थी 'लैला मजनूँ'। उसमें हीरोइन क्ज़्ज़न और हीरो मास्टर निसार थे। उसी दौर में पृथ्वी राजकपूर की फ़िल्म **"सिकन्दर"** (1941) आयी। इससे हामिद अली इतना प्रभावित हुए कि पृथ्वी राज कपूर उनके आइडियल बन गये। जब भी वो कोई फ़िल्म देखकर सिनेमा से बाहर निकलते तो उनके मामू पूछा करते थे कि इस फ़िल्म से तुमने क्या सबक सीखा, क्योंकि उस समय सामाजिक विषयों को लेकर ज़्यादातर फ़िल्में बनती थीं जिनके अन्त में एक सन्देश हुआ करता था।

हामिद अली खाँ (अजीत) वारंगल के हमारकोंडा जूनियर कॉलेज में अपने शिक्षकों और सहपाठियों के साथ।

आसानी से फ़िल्में देख पाने की वजह ने उन्हें स्कूल के साथियों में हीरो बना दिया था। उस दौर में स्कूल-कॉलेज के लड़कों के लिए सिनेमा देखना बेहद मुश्किल था। वो परिवार के सदस्यों के साथ ही सिनेमा देख सकते थे जबकि हामिद का जब दिल चाहता, सिनेमा देख लेते थे। और सिनेमा देखने के बाद उस फ़िल्म की कहानी स्कूल के दोस्तों को सुनाने की ज़िम्मेदारी हामिद अली की ही होती थी। जितनी देर वो फ़िल्म की कहानी बयान करते, उतने वक़्त मजमे में उनकी हैसियत हीरो वाली होती थी।

लेकिन माँ को हामिद का सिनेमा देखना अन्दर तक दहला देता था। इसकी वजह यह थी कि 14 जून 1936 को हैदराबाद के 'मोती महल' नाम के टॉकीज़ में रात के शो के दौरान आग लग गयी, जिसमें 20 लोग मारे गये। इनमें ज़्यादातर औरतें और बच्चे थे। माँ हमेशा हामिद का समझाया करती थीं कि वो सिनेमा देखने से बाज़ आयें, लेकिन वो मामू की आड़ लेकर माँ के दिल से ख़ौफ़ दूर करने की पूरी कोशिश करते और फिर सिनेमा देखने चले जाते। फ़ैंटेसी की दुनिया में ले जाने वाले रुपहले पर्दे का आकर्षण इतना ज़बरदस्त था कि बाप की नाराज़गी से ख़ौफ़ज़दा रहने के बावजूद हामिद के क़दम ख़ुद-ब-ख़ुद सिनेमा हाल की तरफ़ उठ जाते थे।

एक दिन हामिद क्लास में बैठे अपने शिक्षक सैबेस्टियन साहब की बातें न सुनकर पास में बैठे दोस्त से शाम को होने वाले नाटक के बार में ख़ुसर फुसर कर रहे थे। सैबेस्टियन साहब ने हामिद अली को अपनी जगह से खड़ा होने के लिए कहा और पूछा कि उनका ध्यान पढ़ाई में क्यों नहीं था? उन्होंने हामिद से कहा कि वो अपने पिता का पैसा क्यों बरबाद कर रहे हैं? पठान फ़ौजी का बेटा है, इसलिए या तो अपने पिता से कहकर फ़ौज में भरती हो जाये या फिर फ़िल्मों में क़िस्मत आज़माये।

बायीं ओर हामिद अली ख़ाँ (अजीत) अपने पिता, भाई और बहन के साथ

उस शाम घर लौटने के बाद हामिद ने देर तक सैबेस्टिन साहब की बात पर ग़ौर किया। उन्हें हैरत हुई कि फ़िल्मों से इतनी गहरी दिलचस्पी रखने

के बावजूद आख़िर पहले उनके मन में यह ख़याल क्यों नहीं आया कि वो फ़िल्मों में चले जायें। हामिद ने आईने के सामने खड़े होकर अलग-अलग एंगल से ख़ुद को देखना शुरू किया। लम्बा और मज़बूत क़द, गोरा रंग, प्रभावशाली चेहरा। धीरे-धीरे उनका ये इरादा मज़बूत होने लगा कि उसकी मंज़िल तो फ़िल्मी दुनिया ही है। मगर हामिद को अहसास था कि उनकी ख़्वाहिश में सबसे बड़ी बाधा उनके पिता होंगे।

बहरहाल, जैसे-जैसे दिन गुज़रते जा रहे थे, हामिद का फ़िल्मों में जाने का इरादा मज़बूत होता जा रहा था। हामिद नाटकों और साहित्य के क्षेत्र से जुड़े हर उस शख़्स के पास जाने लगे, जिसका फ़िल्मी दुनिया से दूर-दराज़ का भी रिश्ता था। वो उन लोगों से भी काफ़ी दिलचस्पी से बातें करते जो मुम्बई जा चुके थे। वो शहर कैसा है, वहाँ पहुँचकर कहाँ रहा जा सकता है, जाने के लिए कम-से-कम कितने पैसे पास में होने चाहिए—ये वो सवाल थे जिनके जवाब हामिद तलाशा रहे थे, और जब रिज़ल्ट आया तो हामिद को पता चला कि वो फ़ेल हैं। इस ख़बर पर पिता के रौद्र रूप के बारे में सोच-सोच कर वे खासे परेशान हो उठे। फिर उन्होंने एक मज़बूत फैसला किया कि ये ख़बर पिता बशीर ख़ान के पास पहुँचने से पहले ही उन्हें हैदराबाद छोड़ना होगा।

क़िस्मत भी हामिद का साथ दे रही थी। बशीर अली ख़ान, निज़ाम की फ़ौज के साथ दो महीने के लिए हैदराबाद से कुछ दूर जा चुके थे। अब हामिद को सिर्फ़ पैसों का इन्तज़ाम करना था। उसने बिक सकने वाली अपनी किताबें बेचीं। कुछ पैसे माँ से लिए। घर के दरवाज़े को आँख भरकर देखा और बिना किसी को बताये क़दम स्टेशन की तरफ़ बढ़ा लिए। मुम्बई का टिकट ख़रीदने के बाद उनकी जेब में 113 रुपये थे। हामिद को लगता था कि यह रक़म काफ़ी है क्योंकि मुम्बई पहुँचते ही उन्हें फ़िल्मों में काम मिल जायेगा और फिर पैसों की दिक़्क़त नहीं होगी। हैदराबाद में हामिद को पता चला था कि मुम्बई में हैदराबाद के ही एक शख़्स ने एक गेस्ट हाउस बनाया है जिसका नाम था—हैदराबाद गेस्ट हाउस। घर से निकलने से पहले ही हामिद ने उसी गेस्ट हाउस में ठहरने का फ़ैसला कर लिया था।

ट्रेन के चल पड़ने के बाद हामिद ने आस-पास बैठे यात्रियों पर सरसरी सी नज़र डाली। अचानक दिल में ख़याल आया कि कही कोई जान-पहचान का शख़्स तो डिब्बे में नहीं है। हामिद ने अपनी जगह से उठकर टहलते हुए पूरे डिब्बे का जायज़ा लिया, लेकिन कोई पहचान वाला नज़र नहीं आया।

जैसे-जैसे ट्रेन हैदराबाद से दूर होती जा रही थी, घर से भागने की उत्तेजना कम होती जा रही थी साथ ही मुम्बई पहुँचने का जोश और सिनेमा के पर्दे पर नज़र आने के ख़्वाब की चमक भी धीमी पड़ रही थी क्योंकि अब घर और घरवालों की यादें फ़िल्म की रील की तरह आँखों के सामने तैरने लगी थीं। बाप का सख़्त चेहरा जब भी हामिद की नज़रों में उभरता तो दिल में ख़याल आता कि माँ की बेपनाह मोहब्बत शायद बाप के ग़ुस्से को दबा ले। मगर फिर भी दिल को चैन नहीं मिल पा रहा था। पता नहीं क़िस्मत क्या रंग दिखाए।

वह 26 जून, 1943 की एक सुबह थी। मुम्बई में तेज़ पानी बरस रहा था। हैदराबाद से आने वाली ट्रेन जब विक्टोरिया टर्मिनस पर रुकी तो ख़ूबसूरत और क़द्दावर नौजवान हामिद अली भी दूसरे मुसाफ़िर की तरह ट्रेन से उतरकर प्लेटफ़ॉर्म पर खड़े हो गये। आँखों में हैरत और ख़ुशी के भाव लिए हामिद ने चारों तरफ़ नज़रें घुमायीं। तो ये है उनके ख़्वाबों का शहर। अचानक उनका हाथ अपनी जेब पर गया। उन्होंने टटोलकर देखा तो उसमें रखे काग़ज़ महफ़ूज़ थे। ये काग़ज़ हामिद अली के लिए बहुत अहम थे। दरअसल, वो काग़ज़ थे फ़िल्मी दुनिया से जुड़े कुछ लोगों के नाम हैदराबाद से लाये सिफ़ारिशी ख़त। हामिद अली हैदराबाद से बड़े जतन और मेहनत से इन्हें अपने साथ लेकर आ रहे थे। हामिद स्टेशन के गेट पर लगी भीड़ में जाकर शामिल हो गया। यह भीड़ बरसात रुकने का इन्तज़ार कर रही थी। हामिद को हैदराबाद में बताया गया था कि हैदराबाद एजेंसी नाम का गेस्ट हाउस क्राफ़ेर्ड मार्केट में विक्टोरिया टर्मिनस के पास ही स्थित है। हामिद को गेस्ट हाउस में पाँच रुपये महीना किराये पर जगह मिल गयी। सामान रखकर हामिद फ़ौरन सड़क पर आ गये क्योंकि अब उन्हें उन तमाम लोगों से मिलना था जिनके लिए सिफ़ारिशी ख़त उसकी जेब में पड़े थे।

मुम्बई में फ़िल्मों में काम करने का सपना लेकर आना तो आसान है लेकिन फ़िल्मों में काम पाना न तब इतना आसान था न आज है। हामिद अली को इस सच्चाई का अहसास होने में थोड़ा वक़्त लग गया। दरअसल, उन्हें तो फ़िल्मों में काम पाने की जंग जीतने के लिए सिफ़ारिशी ख़तों के हथियार पर पूरा भरोसा था और सिफ़ारिशी ख़तों ने असर भी दिखाना शुरू कर दिया। जिनके नाम ख़त थे, वो बहुत प्यार से उनसे मिले।

चाय पिलायी, खाने को पूछा और मिलते रहने को कहा। हामिद रोज़ तेज़ धूप और बरसात में सिफ़ारिशी ख़तों के सहारे काम की तलाश में निकलते और शाम को काम मिलने के भरोसे का बोझ लिए वापस लौटते। कुछ ही दिनों में सारे सिफ़ारिशी ख़त ख़त्म हो गये लेकिन काम कहीं भी नहीं मिला। अब हामिद अली की समझ में आ रहा था कि फ़िल्मी लोगों के वायदों का क्या मतलब होता है। और फ़िल्मों में काम पाने के लिए सिर्फ़ आकर्षक व्यक्तित्व ही काफ़ी नहीं होता बल्कि क़िस्मत का साथ भी होना चाहिए।

जिन-जिन लोगों के नाम हामिद के पास सिफ़ारिशी ख़त थे, उनमें एक नाम रफ़ीक़ ग़ज़नवी का भी था। हैदराबाद के मशहूर शायर शाहिद सिद्दीक़ी ने वह सिफ़ारिश का ख़त लिखा था। संगीतकार रफ़ीक़ ग़ज़नवी अब्दुल रशीद कारदार की फ़िल्म 'लैला मजनूँ' (1932), महबूब ख़ान की 'तक़दीर' (1943) और 'एक दिन' (1945) सहित अनेक फ़िल्मों के लोकप्रिय संगीत के लिए ख्यात थे। हामिद ने रफ़ीक़ ग़ज़नवी के नाम का ख़त आख़िरी हथियार की तरह बचाकर रखा था। हामिद रफ़ीक़ ग़ज़नवी के दफ़्तर में जब ख़त लेकर पहुँचे तो उन्होंने देखा कि एक बहुत ख़ूबसूरत और प्रभावशाली दिखने वाला शख़्स, रफ़ीक़ ग़ज़नवी से गुज़ारिश कर रहा था कि उसके पास फ़िलहाल कोई काम नहीं है और वो भारी आर्थिक संकट से जूझ रहा है। हामिद ने ध्यान से उसे देखा तो चौंक पड़े क्योंकि वो शख़्स था अल नासिर। फ़िल्म 'पृथ्वी वल्लभ' (1943) वो देख चुके थे। पहली ही फ़िल्म में अल नासिर के व्यक्तित्व ने उन्हें प्रभावित कर लिया था। अल नासिर महिलाओं में बहुत लोक प्रिय थे। हामिद तो यह देखकर दंग रह गये कि अल नासिर जैसे शख़्स के पास भी काम नहीं है तो उस जैसे नये लोगों को शायद ही कोई पूछे। हामिद ने पहली बार किसी से ख़ुद की तुलना की। यक़ीनन अल नासिर उनकी तुलना में ज़्यादा ख़ूबसूरत और हैंडसम थे। हामिद का ख़ुद पर से भरोसा डगमगा गया।

रफ़ीक़ ग़ज़नवी हामिद अली से बहुत खुलूस और मोहब्बत से मिले। उन्होंने हामिद के आकर्षक व्यक्तित्व और असरदार आवाज़ की तारीफ़ भी की, लेकिन साथ ही कहा कि फ़िलहाल उनके पास हामिद के लिए कोई काम नहीं है। फ़िल्म इंडस्ट्री के दूसरे लोगों की तरह ग़ज़नवी ने भी हामिद से कहा कि

वे उनके सम्पर्क में रहें। हामिद से वादे तो बहुतों ने किये, लेकिन रफ़ीक़ ग़ज़नवी के वादे ने न जाने क्यों हामिद के टूटते भरोसे को बड़ा सहारा दिया।

उस रात हामिद ने गेस्ट हाउस लौटकर ख़ुद में काफ़ी हिम्मत पायी और आगे के संघर्ष के लिए ख़ुद को तैयार करने लगे। हालाँकि घर से लाये पैसे कम होते जा रहे थे, लेकिन उन्होंने तय किया कि चाहे मज़दूरी ही क्यों न करनी पड़े, लेकिन वे लौटकर वापस हैदराबाद नहीं जायेंगे। हैदराबाद याद आते ही उनकी आँखों में बशीर अली ख़ान का रौबदार चेहरा घूम जाता था। उन्हें अहसास था कि जब पिता को पता चला होगा कि हामिद घर से बिना बताए कहीं फ़रार हो गये हैं तो ग़ुस्से की वजह से उनका बुरा हाल हो गया होगा और वो ग़ुस्सा माँ पर उतर रहा होगा, लेकिन हामिद के पास सिवाये एक सैनिक की तरह आगे बढ़ते रहने के अलावा कोई रास्ता नहीं था।

हैदराबाद गेस्ट हाउस में ठहरने के तीन दिन के अन्दर ही हामिद की पास में ही रहने वाले रुश्दी साहब मुलाक़ात से हो गयी थी। रुश्दी साहब हैदराबाद के ही रहने वाले थे। लिहाज़ा, वे हामिद से बहुत हमदर्दी से पेश आने लगे। रुश्दी, हामिद से उम्र में काफ़ी बड़े थे, इसलिए मुम्बई में हामिद उन्हें अपने अभिभावक की तरह मानने लगे थे। तब तक अपने बेटे को बुरी तरह ढूढ़ रहे बशीर अली ख़ान ने पता लगा लिया कि हामिद कहाँ रह रहे हैं और उन्होंने फ़ौरन मुम्बई का रुख़ किया। पिता के हैदराबाद आने की ख़बर पाकर हामिद के हाथ-पाँव फूल गये। वे फ़ौरन रुश्दी साहब के पास पहुँचे और सारा माजरा बताया। रुश्दी साहब ने हामिद से कहा कि वो घबराए नहीं और उनके पिता से बात करने के लिए वो ख़ुद गेस्ट हाउस आयेंगे।

बशीर अली ख़ान के गेस्ट हाउस पहुँचने पर हामिद ने सबसे पहले रुश्दी साहब से उनकी मुलाक़ात करायी। पिता ने बेहद नाराज़गी भरे लफ़्ज़ों में अपनी शिकायत दोहरायी कि पठानों की औलाद होकर ये लड़का भाँडों का काम करने में दिलचस्पी ले रहा है। रुश्दी साहब ने बहुत आराम से बशीर अली ख़ान को बदलते हुए ज़माने के बारे में समझाया। उन्होंने बताया कि सिनेमा और दूसरी प्रदर्शन कलाओं से जुड़े लोग अब काफ़ी प्रोफ़ेशनल तरीक़े से काम करने लगे हैं और उन्हें पहले की तरह गिरी नज़ारों से नहीं देखा जाता है। पश्चिमी देशों में तो उन्हें सरकार की ओर से सम्मानित किया जाता है। उन्होंने बशीर अली ख़ाँ से यह भी कहा कि हामिद

का व्यक्तित्व बहुत असरदार है और अगर उसने लगातार मेहनत जारी रखी तो शायद वो अपनी जगह ख़ुद बना लेगा। हामिद के बारे में पहली बार बशीर अली को किसी से तारीफ़ के ऐसे शब्द सुनने को मिले। वो नर्म पड़ गये। रुश्दी साहब ने राय दी कि जवान बेटे को बाग़ी बना देने से अच्छा है कि उसे अपनी मर्ज़ी का काम करने का एक मौक़ा दिया जाये। इस पर बशीर अली ख़ाँ ने नर्म पड़ते हुए हामिद से कहा कि अगर उन्हें अपनी तक़दीर इसी काम में आज़मानी है तो कोशिश करके देख ले, लेकिन अगर वो अपनी कोशिशों में नाकाम रहे तो उन्हें हैदराबाद वापस लौटकर सेना की नौकरी करनी होगी।

पिता को लेकर हामिद को जो समस्या थी, अब उसका समाधान हो चुका था। हामिद ने काम की तलाश में दुगुने जोश से स्टूडियो दर स्टूडियो चक्कर लगाने शुरू कर दिये। पश्तो भाषा की थोड़ी जानकारी उनके बहुत काम आयी। उन दिनों स्टूडियो और अहम लोगों के बंगलों के बाहर ज़्यादातर अफ़गानी लोग दरबान हुआ करते थे। रोज़ सैकड़ों की तादाद में हिन्दुस्तान के कोने-कोने से आये लोग फ़िल्मों में काम हासिल करने की इच्छा लिए फ़िल्म स्टूडियोज़ के बाहर भीड़ लगाए रहते थे, लेकिन लम्बे-चौड़े पठान दरबान किसी को भी अन्दर घुसने नहीं देते थे। इन पठानों की भाषा पश्तो थी। वैसे तो एक जमाने में हामिद के परिवार में पश्तो बोली जाती थी लेकिन कुछ पीढ़ियों के बाद भाषा उर्दू हो गयी। फिर भी इस भाषा के कुछ शब्दों से तो हामिद अली की वाकफियत हो ही गयी थी। हामिद ने इसका सहारा लेना शुरू कर दिया। वे पश्तो में काम चलाऊ बात करके कई स्टूडियोज़ में प्रवेश पा जाते थे। उन्हें उम्मीद थी कि किसी दिन किसी फ़िल्मी हस्ती की नज़र उन पर पड़ी तो उन्हें फ़िल्मों में ब्रेक ज़रूर मिलेगा। दिन भर स्टूडियो के चक्कर लगाने के बाद हामिद थक-हार कर रात को गेस्ट हाउस में सो जाते।

लेकिन अक्सर उनकी नींद में ख़लल पड़ जाता था। दरअसल, उनके कमरे के पास ही कुछ गुण्डे रात को जुआ खेला करते थे। उनके बीच जुआ खेलने के दौरान होने वाली बहस, शोर-शराबे और अकसर लड़ाइयों से आस-पास के लोगों की नींद टूट जाती थी। हामिद की भी कई बार नींद ख़राब हुई थी, मगर उन्हें तो हीरो बनना था। इसलिए हामिद जुआरियों के मुँह नहीं लगे। एक रात अचानक शोर मचने से हामिद की नींद टूट गयी। पुलिस ने जुआरियों को पकड़ने के लिए रात को छापा मारा था।

कुछ जुआरी अपनी जान बचाने के लिए उनके कमरे में घुस आये। पुलिसवालों ने कमरे में घुसकर जब जुआरियों को पकड़ तो उसमें हामिद भी शामिल कर लिए गये। पुलिस हामिद समेत सबको पकड़कर प्रिंसेस स्ट्रीट के थाने में ले गयी। वहाँ सबको लॉकअप में बन्द कर दिया गया। यह घटना शनिवार की रात को पेश आयी। अगले दिन रविवार था, इसलिए पेशी सोमवार से पहले नहीं होनी थी। इसका मतलब था कि हामिद को एक ऐसे अपराध में जो कि उसने किया भी नहीं, दो रातें जेल में काटनी पड़ेंगी। इस बात का अहसास होते ही हामिद की आँखों में आँसू आ गये।

उसकी हालत देखकर ड्यूटी पर मौजूद इंस्पेक्टर उसके पास आया और रोने की वजह पूछने लगा। हामिद ने कहा कि वो बेक़सूर है और मेहरबानी कर उसे छोड़ दिया जाये। इंस्पेक्टर को शायद हामिद की बातों में सच्चाई का अहसास हुआ। थोड़ी देर बाद उसने हामिद से कहा कि अगर वो सही अपराधियों की शिनाख़्त कर दे तो वो उसके साथ-साथ दूसरे बेगुनाहों को भी छोड़ देगा। हामिद ने इंस्पेक्टर की शर्त मान ली और जुआरियों की शिनाख़्त कर दी। इसके बदले उसे रिहाई मिल गयी। अगले दिन काम की तलाश में भटकने के बाद शाम को हामिद अली जब गेस्ट हाउस लौट रहे थे तो उनके द्वारा शिनाख़्त कराये गये एक जुआरी ने उनका रास्ता रोक लिया। दरअसल, जुआरियों को ज़मानत मिल चुकी थी। हामिद को अन्दाज़ा था कि अगर वह उस जुआरी से भिड़ जायें तो थोड़ी-सी मेहनत के बाद उसे काबू में कर लेंगे लेकिन फिर वह और उसके साथी दुश्मन बन जायेंगे और हामिद के लिए वहाँ रहना मुश्किल हो जायेगा। हामिद के पास सिर छिपाने को मुम्बई में कोई दूसरा ठिकाना नहीं था। अचानक हामिद को एक तरकीब सूझी। वो तेज़ी से भागकर सीधे पुलिस स्टेशन पहुँच गये। उन्होंने वहाँ मौजूद इंस्पेक्टर को बताया कि जिन जुआरियों की उन्होंने शिनाख़्त की थी, वे अब उनकी जान के पीछे पड़ गये हैं। इंस्पेक्टर ने तुरन्त जीप निकाली और हामिद को लेकर घटना स्थल पर पहुँच गया। उसे ज़्यादा मेहनत नहीं करनी पड़ी और जुआरी पकड़ में आ गया। उसे गिरफ़्तार करने के बाद इंस्पेक्टर ने उसकी बुरी तरह पिटाई की और चेतावनी दी कि अगर उसने या उसके साथियों ने हामिद को कोई नुकसान पहुँचाया तो उसका अंजाम अच्छा नहीं होगा। इसके बाद इलाक़े में हामिद की अच्छी-ख़ासी धाक जम गयी। कई चाय वाले तो उससे चाय के पैसे भी नहीं लेते थे।

दिन गुज़रते रहे। हामिद का संघर्ष बदस्तूर जारी रहा। एक दिन हामिद को पता चला कि पूना में शालीमार स्टूडियो के कर्ता-धर्ता डब्ल्यू.जेड. अहमद 'मन की जीत' फ़िल्म बना रहे हैं और उन्हें कुछ नये कलाकारों का चुनाव करना है। कई दूसरे उम्मीदवारों की तरह हामिद भी पूना पहुँच गये। मशहूर शायर साग़र निज़ामी और जोश मलीहाबादी शालीमार स्टूडियो के स्टोरी डिपार्टमेंट में कांट्रेक्ट पर काम कर रहे थे। साग़र निज़ामी से हामिद की मुलाक़ात हैदराबाद में उनके कॉलेज के मुशायरे में हो चुकी थी। इसके बाद कुछ और मुलाक़ातें भी हुईं क्योंकि साग़र साहब हामिद के उर्दू के प्रोफ़ेसर मोहम्मद हसन के दोस्त भी थे। हामिद ने साग़र साहब को बताया कि वो फ़िल्मों में हाथ आज़माने के लिए आये हैं। साग़र साहब ने हामिद का स्क्रीन टेस्ट करवाया। हामिद टेस्ट में डायलॉग बोलकर जैसे ही बाहर निकले, एक लम्बे क़द के ख़ूबसूरत नौजवान ने उन्हें गले से लगा लिया और पूछा कि बिरादर, कहाँ से आये हो? हामिद ने उन्हें बताया कि उनका ताल्लुक़ हैदराबाद से है। हामिद को गले लगाने वाला शख़्स अपने दौर का सुपर स्टार श्याम था, जिसने हामिद के क़ामयाब होने की दुआ देते हुए उनका हौसला बढ़ाया, लेकिन हामिद टेस्ट में नाक़ाम रहे। अब साग़र साहब भी उनकी मदद करने की हालत में नहीं थे लिहाज़ा, हामिद वापस मुम्बई लौट आये।

हामिद अली का काम ढूँढ़ने का सिलसिला जारी रहा। इसी सिलसिले में एक दिन वे निर्देशक और अभिनेता मज़हर ख़ान के पास पहुँचे। उस समय तक मज़हर ख़ान बहुत बड़े अभिनेता और फ़िल्मकार बन चुके थे। मूक फ़िल्मों के दौर में वे स्टंट फ़िल्मों के सुपर स्टार माने जाते थे। उनके नाम पर दर्शक सिनेमाघरों में टूट पड़ते थे। बोलती फ़िल्मों के दौर में भी मज़हर ख़ान अपनी अहमियत को बनाये रखने में क़ामयाब रहे, लेकिन हामिद ने पाया कि पर्दे पर धारा प्रवाह डायलॉग बोलने वाले मज़हर काफ़ी शर्मीले इन्सान थे। इससे बड़ी हैरत ये हुई कि मज़हर बातचीत में थोड़ा-सा हकलाते थे। हामिद को उनसे बात करके यक़ीन नहीं हो रहा था कि यह वही मज़हर ख़ान है जो रुपहले पर्दे का बादशाह है।

मज़हर ख़ान उन दिनों एक फ़िल्म 'बड़ी बात' (1944) बना रहे थे। इसमें उल्हास हीरो और स्वर्ण लता हीरोइन थीं। ख़ुद मज़हर ख़ान भी इस फ़िल्म में अभिनय कर रहे थे। हामिद ने उनसे काम माँगा तो हामिद की

क़द-काठी और आवाज़ को देखते हुए मज़हर ख़ान ने हामिद को एक टीचर का छोटा-सा रोल दे दिया। अगले दिन शूटिंग के बाद हामिद जब अपना डायलॉग बोलकर सेट से बाहर आये तो उस फ़िल्म के साउंड रिकॉर्डिस्ट बी.एन. शर्मा ने उन्हें अपने पास बुलाया और हामिद को उनके काम के लिए मुबारकबाद देते हुए कहा, "पहली बार मैंने ऐसी आवाज़ सुनी। क्या वाक़ई ये तुम्हारी पहली फ़िल्म है।" कड़े संघर्ष के दौर से गुज़र रहे हामिद के लिए यह बहुत हौसला बढ़ाने वाली बात थी। बी.एन. शर्मा की तारीफ़ से पहले भी रफ़ीक़ ग़ज़नवी ने उन्हें अहसास दिलाया था कि उनके पास असरदार आवाज़ है। जल्द ही दूसरों को भी इसका अहसास हो गया। फ़िल्म बड़ी बात में हामिद का रोल एक एक्स्ट्रा का था लेकिन इसी फ़िल्म के सहारे पहली बार वो पर्दे पर नजर आए थे। हामिद ने इस फ़िल्म को कई बार देखा। जब जब वो पर्दे पर खुद को देखते उनका आत्मविश्वास बढ़ जाता। उन्हें यकीन हो गया कि वो हीरो बन सकते हैं और हीरो बन कर ही दिखाएँगे।

इसके कुछ दिनों बाद रफ़ीक़ ग़ज़नवी की पैरवी से हामिद को 'इनफ़ॉरमेंशन फ़िल्म ऑफ़ इंडिया' में काम मिल गया। वहाँ हामिद को डॉक्यूमेंट्री फ़िल्मों में आवाज़ देने के लिए चुन लिया गया। दूसरे विश्व युद्ध के दौरान 'इनफ़ॉरमेंशन फ़िल्म ऑफ़ इंडिया' नाम की संस्था डॉक्यूमेंट्री फ़िल्में बनाती थी। हामिद को वहाँ 40 मिनट की फ़िल्म में आवाज़ देने के लिए 75 रुपये मिल जाते थे, लेकिन हामिद को तब ज़ोर का झटका लगा जब उनकी आवाज़ रिकॉर्ड करने वाले एक रिकॉर्डिस्ट ने उनसे कहा कि बिना रिकॉर्डिस्ट का हिस्सा दिये तुम्हें बहुत दिन तक काम नहीं मिला पायेगा।

हामिद ने उस रिकॉर्डिस्ट की बात मान ली। इस तरह एक फ़िल्म में आवाज़ देने के लिए उन्हें मिलने वाले 75 रुपयों में से हामिद 25 रुपये रिकॉर्डिस्ट को दे देते थे। हालाँकि उस दौर में 50 रुपए भी कम नहीं हुआ करते थे। यहाँ उन्हें नियमित रूप से काम मिलने लगा। अब हामिद के पास इतने पैसे आने लगे कि वो किसी बेहतर जगह रह सकें। उन्होंने दो लोगों के साथ मिलकर दादर इलाक़े में एक खोली किराये पर ले ली। हामिद की क़िस्मत उनका साथ देने लगी थी, इसीलिए उन्हें इश्तियाक़ नाम का एक ऐसा आदमी मिल गया जो तीस रुपये महीने के ऐवज़ में उनके लिए खाने का इन्तज़ाम कर देता था।

हामिद अली ने अपने संघर्ष के दिनों में कभी भी काम का कोई मौक़ा नहीं छोड़ा। काम जहाँ से भी, जैसा भी मिला, उन्होंने ख़ुशी-ख़ुशी किया। यहाँ तक कि उन्होंने जूनियर आर्टिस्ट के भी रोल किये। मुम्बई में बने रहने के लिए हामिद अली के लिए काम करते रहना काफ़ी अहम था, लेकिन उनकी आय नियमित नहीं थी। कभी दिन में 75 रुपये मिल जाते तो कभी 6 रुपये, कभी 3 और किसी दिन कोई काम नहीं मिल पाता था।

हामिद अली ख़ान को टीचर का छोटा-सा रोल देने वाले मज़हर ख़ान को यह पता चलने पर कि हामिद के पास कोई नियमित काम नहीं है, उन्होंने हामिद को अपने दोनों बेटों को ट्यूशन पढ़ाने के लिए तैयार कर लिया। हामिद अली के लिए यह बहुत राहत और ख़ुशी की बात थी। एक तो उन्हें पढ़ाने के बदले पैसे मिलने वाले थे। दूसरी बात, इस बहाने उन्हें एक बहुत बड़े फ़िल्मकार के सम्पर्क में रहने का मौक़ा मिल गया। मज़हर ख़ाँ के छोटे बेटे अफ़सर मज़हर ख़ाँ तब महज़ सात साल के थे, लेकिन उन्हें अपने शिक्षक हामिद अली ख़ाँ अच्छी तरह याद है। अफ़सर ख़ाँ इसकी वजह बताते हैं कि वे बहुत सख़्त चेहरे वाले टीचर थे, लेकिन बहुत प्यार और तमीज़ से बात करते थे। उन्होंने कभी उन्हें और उनके भाई को नहीं डाँटा। हालाँकि अफ़सर ख़ाँ को यह याद नहीं कि हामिद अली ख़ाँ ने उन्हें कितने अर्से तक पढ़ाया।

संघर्ष के उस दौर में हामिद को उन्हें एक ऐसा अभिनेता दोस्त भी मिला, जिसने हमेशा उनका हौसला बढ़ाया। जिनका नाम था शहनवाज़। वे भी हैदराबाद के रहने वाले थे। शहनवाज़ ने हामिद अली से कभी फ़िल्म में काम दिलाने का वायदा तो नहीं किया, लेकिन पूरी ईमानदारी से काम दिलाने की कोशिश ज़रूर करते रहे। हामिद अली और शहनवाज़ की दोस्ती शहनवाज़ के पाकिस्तान जाने तक क़ायम रही। उन्हीं दिनों प्रफ़ुल्ल रॉय ने एक-एक रील की छह फ़िल्मों की शृंखला बनायी। जिसका नाम हामिद रखा गया। इन फ़िल्मों में हामिद अली को काम भी मिला और दाम भी। अब हामिद दादर से माहिम में आकर रहने लगे।

कड़ी जद्दोजहद के दिनों में हामिद की दोस्ती जिन लोगों से हुई, उनमें से एक थे—गोविन्द राम सेठी। सेठी से उनकी दोस्ती आगे चलकर रंग लायी। 'विष्णु सिनेटोन कम्पनी' धार्मिक फ़िल्में बनाया करती थी,

लेकिन पहली बार उन्होंने स्टंट फ़िल्म बनाने की तैयारी की और इसका निर्देशन गोविन्द राम सेठी को सौंपा। सेठी, हामिद से वादा कर चुके थे कि अगर उन्हें फ़िल्म बनाने का मौक़ा मिला तो वो उन्हें हीरो के तौर पर काम करने का मौक़ा देंगे। वादे के मुताबिक़ सेठी ने हामिद को हीरो बना दिया। इस फ़िल्म का नाम रखा गया 'शाहे मिस्र'। हामिद को 'शाहे मिस्र' के लिए 300 रुपये महीना के हिसाब से वेतन दिया गया।

भारत विभाजन के एक साल पहले 1946 में ही देश में अराजकता और हिंसा की घटनाएँ बढ़ने लगीं। इनसे समाज बुरी तरह प्रभावित हो रहा था। फ़िल्में और मनोरंजन के दूसरे माध्यम भी उस दौर के हालात से अछूते नहीं थे। ऐसे में अच्छी-अच्छी फ़िल्में नहीं चल पा रही थीं। 'शाहे मिस्र' (1946) भी नहीं चली, लेकिन इस फ़िल्म से हामिद की पहचान ज़रूर बनी। अब जेब में थोड़े-बहुत पैसे नियमित आने से हामिद की आर्थिक दशा बेहतर होने लगी थी। फिर वे महिम का इलाक़ा छोड़ कोलाबा में रहने के लिए आ गये। कोलाबा पहुँचकर हामिद ने एक सेकेंड हैंड मोटरसाइकिल भी ख़रीद ली। मोटरसाइकिल पर सवारी करने का ख़्वाब हामिद ने हैदराबाद में देखा था, लेकिन मुम्बई की सड़कों पर मोटरसाइकिल चलाना एक ऐसा अनुभव था कि हामिद को जब भी मौक़ा मिलता, वो कोलाबा की सड़कें नापने लगते थे।

हामिद अली ख़ाँ (अजीत) हीरो के रूप में अपनी पहली फ़िल्म शाहे मिस्र (1946) के एक दृश्य में

अब हामिद रुपहले पर्दे पर जगह बनाने में क़ामयाब होने लगे थे। इससे उनका हौसला लगातार बढ़ रहा था, लेकिन हैदराबाद से आने वाली ख़बरें उन्हें परेशान किये हुए थीं। वहाँ की जनता में निज़ाम के ख़िलाफ़ माहौल बनता जा रहा था। माना जा रहा था कि निज़ाम, हैदराबाद को पाकिस्तान में शामिल करायेंगे। चूँकि हामिद के पिता निज़ाम की फ़ौज में शामिल थे इसलिए उन्हें लेकर हामिद की चिन्ता स्वाभाविक थी। 14 अगस्त 1947 को जब पाकिस्तान अस्तित्व में आया तो अंग्रेज़ों ने हैदराबाद, जूनागढ़ और ट्रावनकोर को आज़ाद घोषित कर दिया। दरअसल, अंग्रेज़ों की नज़र निज़ाम के अकूत ख़ज़ाने पर थी। अंग्रेज़ों ने आज़ाद हैदराबाद की व्यवस्था चलाने में मदद के लिए सर वॉल्टर मांगटन को हैदराबाद भेज दिया।

18 अगस्त 1947 को हैदराबाद के अख़बारों के पहले पेज पर निज़ाम हैदराबाद का ऐलान प्रकाशित हुआ जिसमें कहा गया था–"हैदराबाद अब आज़ाद और ख़ुद मुख्तार है। मैं अपनी हुकूमत को न पाकिस्तान में शामिल करना चाहता हूँ, न भारत में बल्कि मैं इन दोनों से दोस्ताना रिश्ते रखना चाहता हूँ।"

उस समय पूरा भारत दंगों की आग में झुलस रहा था, लेकिन हैदराबाद में शान्ति थी। हालाँकि यह शान्ति ज्वालामुखी के फटने से पहले जैसी थी। हफ़्ते भर में भारत ने हैदराबाद की आर्थिक नाकेबन्दी शुरू कर दी। पेट्रोल, सिगरेट और शेव करने के ब्लेड तक आम आदमी की पहुँच से दूर हो गये। कुछ ही दिनों में भारी रक्तपात के बाद निज़ाम ने हथियार डाल दिये और भारत में शामिल होने का ऐलान कर दिया। जल्द ही हामिद अली को यह ख़बर सुनने को मिली कि उनकी दोनों शादीशुदा बहनों का परिवार पाकिस्तान चला गया है, लेकिन इस सदमे के साथ ही उनके लिए यह राहत की बात थी कि उनके पिता और भाई ने हैदराबाद में ही रहने का फ़ैसला किया था।

देश विभाजन ने मनोरंजन जगत पर गहरा असर डाला। बहुत-सी फ़िल्मी हस्तियाँ मुम्बई छोड़कर पाकिस्तान चली गयीं तो बहुत-से लोग लाहौर फ़िल्म इंडस्ट्री को छोड़ मुम्बई आ गये। कई ऐसे लोग जिनसे हामिद अली के गहरे सम्बन्ध बने, वे पाकिस्तान चले गये। उनमें शहनवाज़ भी शामिल थे। लाहौर, कराची और पाकिस्तान के दूसरे इलाक़ों से आने वाले

बहुत-से लोग मुम्बई में पैर जमाने की कोशिश कर रहे थे तो कुछ ने जल्द ही पैर जमा लिए थे। अब हामिद के लिए फ़िल्मकारों से नये सिरे से रिश्ते बनाने की दरकार थी।

बहरहाल क़िस्मत के बनाये अनजान रास्तों पर अभी हामिद अली को दूर तक चलना था। भारत विभाजन की अराजकता और हिंसा धीमी पड़ने पर एक दिन हामिद अली ख़ान को भारी हैरत का सामना करना पड़ा, जब उनको उनका नाम बदलने का सुझाव दिया गया। कुछ संकोच के बाद हामिद राज़ी हो गये और उनका फ़िल्मी नाम रखा गया अजीत। हामिद अली ख़ान के अजीत बन जाने की यात्रा दरअसल उनके कॅरियर के विकास की कहानी है। नाम बदलने वाले प्रोड्यूसर और डायरेक्टर के. अमरनाथ से हामिद की मुलाक़ात 1949 में हुई। उन दिनों हामिद रेहाना नाम की हीरोइन के साथ 'चिलमन' नाम की फ़िल्म में काम कर रहे थे। इस फ़िल्म के प्रोड्यूसर रेहाना के पिता चौधरी साहब थे। इस फ़िल्म में बालम नाम के एक कलाकार ने भी काम किया। बालम रेहाना के बहुत प्रिय थे। जब फ़िल्म तैयार हुई तो रेहाना ने के. अमरनाथ से अनुरोध किया कि वे फ़िल्म देखें। रेहाना चाहती थीं कि अमरनाथ के अगले प्रोजेक्ट में बालम को हीरो का रोल मिल जाये। फ़िल्म देखने के दौरान रेहाना बार-बार अमरनाथ से बालम की एक्टिंग की तारीफ़ करती रहीं, लेकिन अमरनाथ जी ने जब पूछा कि हीरो कौन है? तो रेहाना ने हीरो के बारे में बात करने को टाल दिया।

फ़िल्म ख़त्म होने पर अमरनाथ ने रेहाना से कहा कि हीरो से कहना कि मुझसे मिले, लेकिन रेहाना ने यह बात हामिद को नहीं बताई, मगर हामिद की क़िस्मत उनका साथ दे रही थी। कुछ दिनों बाद फ़िल्मों में एक्सट्रा सप्लाई करने का काम करने वाले दीन मोहम्मद ने रेहाना और अमरनाथ के बीच हुई बातचीत की जानकारी हामिद को दी। उसने उन्हें यह राय भी दी कि वो अमरनाथ से जल्द से जल्द मिल लें। एक दिन सुबह-सुबह हामिद अली अपनी मोटरसाइकिल से धड़धड़ाते हुए अमरनाथ जी के घर पहुँच गये और पूरे आत्मविश्वास के साथ अपना परिचय दिया। हामिद को उम्मीद थी कि अब फ़िल्म की बात शुरू होगी, लेकिन अमरनाथ ने उनसे कहा तुम मोटरसाइकिल चलाना छोड़ दो। हामिद का दिल बैठ गया।

इसके बाद अमरनाथ जी ने उनसे कहा कि वे उन्हें अपनी फ़िल्म में लेना चाहते हैं। यह सुनकर हामिद की जान में जान आ गयी। उन दिनों दक्षिण में बनी फ़िल्म 'चन्द्रलेखा' हिट हुई थी। अमरनाथ जी उसी तरह की फ़िल्म की कल्पना किये बैठे थे। हामिद ने फ़ौरन हामी भर दी। अमरनाथ ने अपने असिस्टेंट से कहा कि इन्हें एक हज़ार रुपये दे दो। हामिद यह सुनकर चौंक गये कि पूरी फ़िल्म के लिए बस एक हज़ार रुपये, लेकिन यह सोचकर ख़ामोश हो गये कि पैसे के विवाद में कहीं बड़ा बैनर हाथ से न निकल जाये। अमरनाथ ने उन्हें फ़िल्म के कांट्रेक्ट पेपर सौंपते हुए बहुमूल्य राय दी कि जब भी किसी प्रोफ़ेशनल मीटिंग के लिए किसी के पास जाओ तो कार या टैक्सी में बैठकर जाया करो। मोटरसाइकिल रुतवे को थोड़ा कम कर देती है।

हामिद कोलाबा में अपने घर पहुँचे तो पूर कांट्रेक्ट पढ़कर चौंक गये। दरअसल, अमरनाथ जी ने हामिद से तीन साल का कांट्रेक्ट किया था और हामिद को हर महीने एक हज़ार रुपये मिलने थे। जो हज़ार रुपये उन्हें मिले, वे तो महज़ एडवांस के तौर पर दिये गये थे। उस दौर में हज़ार रुपये महीना बहुत बड़ी रक़म होती थी। हामिद रात भर सोचते रहे कि इतने पैसे खर्च कैसे किये जायेंगे। उन्हें रह-रहकर यह आशंका भी होती थी कि कहीं उनके साथ मज़ाक़ तो नहीं किया गया है। सुबह होते ही वे बैंक पहुँचे तो यह देखकर दिल बैठ गया कि बैंक पर ताला लटका हुआ है। बराबर में एक दर्ज़ी की दुकान थी। उसने बताया कि कोऑपरेटिव बैंक होने की वजह से बैंक सुबह दो घण्टे और शाम दो घण्टे के लिए खुलता है। अब शाम को पाँच बजे खुलेगा, लेकिन शाम तक का इन्तज़ार कैसे किया जाये, हामिद ने सोचा अब फ़िल्म देखकर टाइम काटने से आसान रास्ता और कोई दूसरा नहीं हो सकता। उन्होंने एक के बाद एक दो फ़िल्में देखीं और पाँच बजते ही बैंक पहुँच गये। जब हज़ार रुपये के नोट उनके हाथ में आये थे। तब उन्हें यक़ीन हुआ कि अमरनाथ जी ने जो कांट्रेक्ट किया है वह सही है।

फिर अमरनाथ ने हामिद और मधुबाला को लेकर 'बेक़सूर' (1950) बनाई। हीरोइन के तौर पर तब तक मधुबाला अपनी सुपरहिट फ़िल्म 'महल' के ज़रिये बेहद चर्चित हो चुकी थीं। एक दिन अमरनाथ अपने पार्टनर मधुकर के साथ फ़िल्म के बारे में बात करने के लिए मधुवाला के पैडर रोड स्थित अपार्टमेंट जा रहे थे। उन्होंने हामिद से कहा कि चल, तुझे तेरी हीरोइन से मिलवाते हैं।

मधुबाला के घर पहुँचकर हामिद ने देखा कि चार पाँच लड़कियाँ एक साथ बैठी कुछ खेल रही थीं और हँस रही थीं। लेकिन हामिद ये नहीं पहचान सके कि इनमें उनकी होने वाली हीरोइन मधुबाला कौन-सी है।

मधुकर ने मधुबाला के पिता अतउल्ला ख़ाँ से मुलाक़ात की और फिर हामिद को उनसे मिलवा कर लौट आये। जब फ़िल्म की शूटिंग शुरू हुई तो चार-पाँच दिन बाद मधुबाला ने हामिद से कहा कि कुछ दिन पहले आप हमारे घर आये थे। मैंने आपको देखा था। हामिद ने कहा कि मैं आपके घर ज़रूर गया था, लेकिन मैंने आपको नहीं पहचाना। हामिद मधुबाला के बोलने के अन्दाज़ से बहुत प्रभावित हुए। इतनी शालीनता से बोलने वाली कम लड़कियों से उनका सम्पर्क हुआ था। इसके अलावा मधुबाला की सादगी भी हामिद को बहुत पसन्द आयी। फ़िल्म की शूटिंग खत्म होते-होते हामिद अली ख़ान मधुबाला परिवार के अच्छे दोस्त बन गये। हामिद अली ने कभी इस रिश्ते का भरोसा नहीं टूटने दिया। दिलीप कुमार से रिश्तों में दरार आने के बाद मधुबाला जिन चन्द लोगों से अपना दुःख बाँटती थीं, उनमें हामिद भी शामिल थे।

फ़िल्म बेक़सूर (1950) में हामिद अली ख़ाँ (अजीत)

अब अमरनाथ हामिद के लिए बड़े भाई की तरह हो चुके थे। उन्होंने न केवल हामिद को अपनी फ़िल्मों में बार-बार मौक़े दिये, बल्कि निजी जीवन में भी उन्हें राय देते रहते थे। हामिद भी उनकी राय की क़द्र किया करते थे। के. अमरनाथ की राय पर वे मोटरसाइकिल चलना पहले ही छोड़ चुके थे।

हालाँकि वे मानते थे कि उनकी मोटरसाइकिल उनके लिए बहुत भाग्यशाली थी। उसे ख़रीदने के हफ़्ते भर बाद ही प्रोड्यूसर त्रिलोक कपूर ने उन्हें फ़िल्म 'दरबार' में काम करने का मौक़ा दिया, जिसकी हीरोइन उस समय की बेहद चर्चित अभिनेत्री और गायिका नूरजहाँ थीं, लेकिन देश के विभाजन के हंगामे के बीच शायद 'दरबार' पूरी नहीं बन सकी। यही नहीं, हामिद और अभिनेता अनवर हुसैन की मोटरसाइकिल की वजह से ख़ासी दोस्ती हो गयी थी। हामिद, अनवर हुसैन और फ़िल्मी दुनिया से जुड़े दो-तीन दूसरे लोग हफ़्ते में एक बार मोटरसाइकिल से रेस भी लगाया करते थे। एक दिन अनवर हुसैन की बाइक का इतना ज़बरदस्त एक्सीडेंट हुआ कि वे मरते-मरते बचे। उनकी माँ जद्दन बाई को जब इस हादसे के बारे में पता चला तो उन्होंने अनवर हुसैन की मोटरसाइकिल समन्दर में फेंकवा दी। हामिद को मोटरसाइकिल के एक्सीडेंट की कुछ और घटनाओं के बारे में भी पता था, लेकिन उन्होंने मोटरसाइकिल बेचने का फ़ैसला के. अमरनाथ के कहने पर ही लिया।

एक दिन के. अमरनाथ ने हामिद को राय दी कि उनका नाम हामिद अली ख़ान काफ़ी लम्बा है, इसलिए वे अपना नाम छोटा और ऐसा रखें कि लोगों की ज़ुबान पर जल्दी चढ़ जाये। साथ ही उन्होंने कुछ नाम भी सुझाये जिसमें अजीत नाम पर हामिद और अमरनाथ दोनों सहमत हो गये। इस तरह फ़िल्म 'बेकसूर' के साथ अमरनाथ के सुझाव पर हामिद ने अपना फ़िल्मी नाम अजीत रख लिया। 1950 में 'बेकसूर' के अलावा अमरनाथ ने अजीत को लेकर फ़िल्म—'मेहरबानी' बनायी। अगले साल 1951 में अजीत की चार फ़िल्में 'सरकार', 'सैंया', 'दामन' और 'ढोलक' रिलीज़ हुईं। साल 1952 में अजीत फिर चार फ़िल्मों—'अन्नदाता', 'आनन्दमठ', 'मोती महल' और 'तरंग' में नायक बने। धीरे-धीरे अजीत का वह सपना सच होता चला गया जिसे उन्होंने हैदराबाद में देखा था यानी रुपहले पर्दे पर ख़ुद को बार-बार पेश करना।

अजीत की कोई फ़िल्म सुपर हिट तो नहीं हो रही थी, मगर वे धीरे-धीरे फ़िल्मी दुनिया में अपनी जगह बना चुके थे। नरगिस और नूतन को छोड़ अपने दौर की सभी नामवर हीरोइनों जैसे सुरैया, मीना कुमारी,

नलिनी जयवन्त, बेगम पारा और गीता बाली वग़ैरह के साथ उन्हें काम करने का मौक़ा मिला। अभिनेत्री सुरैया के साथ उन्हें फ़िल्म 'मोती महल' (1952) में काम करने का मौक़ा मिला। तब तक सुरैया स्टार का दर्जा हासिल कर चुकी थीं। पहले ही दिन सुरैया और अजीत की मुलाक़ात हुई तो सुरैया ने उनकी खिंचाई शुरू कर दी। अजीत के साथ यह पहला मौक़ा था जब सेट पर किसी ने ऐसा व्यवहार किया हो। आम तौर पर वे सेट पर अपने शॉट से ही मतलब रखते थे। शॉट के बाद अकेले बैठना या किताब पढ़ना ही उन्हें पसन्द था। इससे फ़िल्मी दुनिया की गॉसिप और स्कैंडल से दूरी बनाये रखने में उन्हें सुविधा रहती थी। कुछ देर बाद अजीत ने सुरैया से मुस्कुराते हुआ कहा कि वे अपना घर-बार छोड़ हैदराबाद से मुम्बई कुछ कर दिखाने के लिए आये हैं और क्या सुरैया उनकी मदद करेंगी? अजीत की सरलता को देखकर सुरैया खिलखिला कर हँस पड़ीं। उन्होंने अजीत से हाथ मिलाया और फिर उन दोनों की दोस्ती आख़िर तक बनी रही।

हामिद अली खाँ (अजीत) फ़िल्म चिलमन (1948) में

रुपहले पर्दे पर अजीत की गाड़ी खिंचती जा रही थी। अब भी नायक की हैसियत से उन्हें यादगार रोल का इन्तज़ार था और फिर उनके हिस्से में आयी आई.एस. जौहर की फ़िल्म 'नास्तिक' (1954)। अजीत के कॅरियर में यह फ़िल्म मील के पत्थर के रूप में दर्ज़ है। फ़िल्म की हिरोइन थीं नलिनी जयवंत जो उस समय स्टार बन चुकी थीं जबकि अजीत हीरो के रूप में

तब तक बहुत चर्चित नहीं हो सके थे। फ़िल्म शुरू होने से पहले ही दोनो के बीच ग़लतफहमियाँ पैदा हो गयीं। दरअसल अजीत को बताया गया कि जब नलिनी जयवंत ने सुना कि कोई नया हीरो उनके साथ लिया जा रहा है तो उन्होंने निर्देशक से कहा कि आप कहाँ से ये नया लड़का पकड़ लाए। ये तो बिल्कुल हीरो नहीं लगाता। अजीत ने ये सुन तो उन्हें चोट पहुंची लेकिन वो खामोश रहे। शूटिंग शुरू होन के बाद जब अजीत ने नलिनी को बताया कि उन्हें क्या बताया गया तो नलिनी जयवंत भौंचक्की रह गयी क्योंकि उन्होंने ऐसा कुछ नहीं कहा था। दोनो ने गलतफहमियाँ दूर कर लीं।

नास्तिक अजीत के कैरियर की यादगार फ़िल्म साबित हुई। फ़िल्म में अजीत ने अनिल नामके युवक का किरदार निभाया है। विभाजन की हिंसा के दौरान अनिल के सामने ही उसके माता पिता की हत्या कर दी जाती है। अनिल अपनी बहन और छोटे भाई के साथ पाकिस्तान से भाग कर भारत आता है और एक मन्दिर में शरण लेता है । इस दौरन विभाजन की मार झेलने वाले शर्णार्थियों के वास्तविक फुटेज को फ़िल्म में दिखाया गया है जिसपर फ़िल्म के रिलीज के समय विवाद भी हुआ था।

मन्दिर में अनिल का भाई गम्भीर रूप से बीमार हो जाता है लेकिन मन्दिर का पुजारी उसकी कोई मदद नहीं करता। गुस्से में अनिल पुजारी पर हमला करता है लेकिन वहाँ पुलिस आ जाती है और अनिल को जेल जाना पड़ता है। उसके भाई की मौत हो जाती है जबकि उसकी बहन को तवायफ बना दिया जाता है। वह सारे हालात का दोषी भगवान को मानता है और वह भगवान और उस पर विश्वास करने वालों से नफरत करने लगता है। इसीलिये वह नास्तिक बन जाता है। अनिल अपनी बर्बादी के जिम्मेदार लोगों को मारने की कसम खाता है।

पुजारी को जब यह बात पता चलती है तो वह अपनी बेटी के साथ तीर्थ यात्रा पर भाग जाता है। जेल के अपने एक साथी जोकर (आई.एस. जौहर) के साथ अनिल पुजारी की खोज में कई तीर्थ स्थानों पर जाता है। इस दौरान दर्शकों को द्वारका, काशी, वृंदावन सहित देश के कई प्रमुख मन्दिरों के दर्शन करा दिये जाते हैं। फिर फ़िल्म में छुआ छूत का विरोध भी दिखाया जाता है। कहानी आगे बढ़ती है तो पुजारी की बेटी नलिनी जयवंत से अनिल अपनी असलियत छिपा कर विवाह करता है।

फ़िल्म की कहानी आई एस जौहर ने लिखी है। निर्देशन भी जौहर का है। अजीत का अभिनय प्रभावित करने वाला है। फ़िल्म के एक बड़े हिस्से में अजीत शेव बढ़ाए हुए नज़र आए हैं। फ़िल्म के गीत कवि प्रदीप ने लिखे हैं। लेकिन फ़िल्म की सबसे बड़ी उपलब्धि साबित हुआ प्रदीप की आवाज में गाया गया फ़िल्म का एक गीत "देख तेरे संसार की हालत क्या हो गयी भगवान कितना बदल गया इंसान।" यह गीत अजीत पर फ़िल्माया गया जो बैकग्राउंड गीत के रूप में इस्तमाल किया गया है। पूरे गाने के दौरान अजीत ने एक बार भी मुंह नहीं खोला लेकिन चेहरे के ज़बरदस्त भावों से दिखाया कि वो एक ऐसा शख़्स है जिसका सब कुछ खो गया। सत्तर साल बाद भी यह गीत भुलाया नहीं जा सका है। नास्तिक भारत विभाजन की पीड़ा पर बनी बेहतरीन फ़िल्मों में से एक मानी जाती है।

अजीत और नलिनी जयवंत की जोड़ी इतनी पसंद की गयी कि दोनो ने एक साथ ग्यारह फ़िल्मों में काम किया। 1956 में इस जोड़ी की चार फ़िल्में, 26 जनवरी, आनबान, दुर्गेश नन्दिनी, और इंसाफ आयीं। लगातार साथ काम करने की वजह से गॉसिप भी उभरे जिन्हें फ़िल्मी पत्रिकाओं ने मसाला लगाकर पेश किया। यह खबर खूब फैली कि अजीत और नलिनी जयवंत के प्रेम संबंध बन गए हैं।

इस मुद्दे पर नलिनी जयवंत ने एक इंटरव्यू में बताया कि उन दिनो लंबे लबें शूटिंग शेड्यूल रहा करते थे। इस दौरान कलाकारों को काफी समय एक दूसरे के साथ बिताने का मौका मिलता था। सब एक साथ खाना खाते थे। कभी अभिनेता के कमरे में कभी अभिनेत्री के कमरे में तो कभी कैमरा पर्सन के कमरों में महफिल जमती थीं। लेकिन फ़िल्म की शूटिंग खत्म होने के बाद लोगों से अगली मुलाकात अगली शूटिंग पर ही होती थी। कई फ़िल्मों में अजीत साहब के साथ काम करने की वजह से उनके साथ एक सहजता तो बन ही गयी थी लेकिन हम लोगों के कभी व्यक्तिगत संबंध जैसे एक दूसरे के घर आना जाना या पार्टियों में साथ रहने जैसी स्थिति कभी नहीं बनी। कई फ़िल्में एक साथ करने की वजह से मीडिया ने कयास लगा लगा कर जो भी लिखना चाहा वह लिखा और ऐसा तो फ़िल्म इंड्स्ट्री में सभी के बारे में लिखा और कहा जाता रहा है। पहले भी गॉसिप को खबर बना कर छापा जाता था और आज भी छपते हैं। यहाँ ये जानना दिलचस्प होगा कि करीब

87 फ़िल्मों में बतौर हीरो काम करने वाले अजीत की इकलौती हिट फ़िल्म नास्तिक ही थी। इस फ़िल्म ने सिल्वर जुबली मनायी।

बहरहाल, जिस तरह से ज़िन्दगी अजीत के साथ व्यवहार कर रही थी उससे वे सन्तुष्ट और ख़ुश थे। अपने खेलों के शौक़ पूरा करने के लिए भी उनके पास समय और मौक़े दोनों थे। अब वे न सिर्फ़ फ़ुटबॉल के अपने पुराने शौक़ को ज़िन्दा रखने का टाइम निकलते थे बल्कि रोज़मर्रा की ज़िन्दगी में बॉक्सिंग और स्वीमिंग को भी जगह देने लगे। क्रिकेट और ताश खेलना भी उन्हें ख़ूब भाता था। अब तक अजीत इतनी फ़िल्मों में काम कर चुके थे कि वे अपने अभिनय कौशल के विभिन्न पहलुओं का विश्लेषण कर सकें। ख़ुद का विश्लेषण करने के मामले में वे हमेशा बहुत बेबाक़ी और साफ़गोई से काम लेते थे। अपनी एक्टिंग के बारे में कई इंटरव्यूज़ में उन्होंने बेबाक़ी से स्वीकार किया कि उनके लिए एक्टिंग के दौरान सबसे तकलीफदेह काम था गीत गाना और नृत्य करना, वह भी हीरोइन के साथ, लेकिन उनके हिस्से में कई ऐसे गीत आये जो बरसों तक लोकप्रिय रहे। मिसाल के लिए 'आजा के इन्तज़ार में' (हलाकू), 'भुला नहीं देना', 'भुला नहीं देना-ज़माना ख़राब है भुला नहीं देना' (बारादरी) और 'चमन के फूल भी तुझको गुलाब कहते हैं' (शिकारी), 'अब वो करम करें या सितम' (मरीन ड्राइव)।

फ़ुटबॉल खेलते हुए अजीत

वह दौर हिन्दी सिनेमा संगीत का स्वर्ण काल माना जाता है। ऊपर उल्लेखित गीतों के अलावा भी उस दौर के शानदार गीत आज तक याद किये जाते हैं, जिन्हें संगीतकारों, गायक-गायिकाओं और गीतकारों की बेमिसाल जोड़ियों ने रचा। दिलीप कुमार, देवानन्द और भारत भूषण की हीरोइन के साथ रोमांस करने, गीत गाने और डांस करने के मुकाबले में हट्टे-कट्टे पठान अजीत कमज़ोर नज़र आते थे और अजीत ने इस सच्चाई को हमेशा खुलकर स्वीकारा। पर्दे पर अजीत कोई इतिहास रच देंगे या एक्टिंग के लिए उन्हें याद रखा जाये। ऐसा भाव अजीत के मन में कभी नहीं आया। उन्हें फ़िल्मों से जो मिल रहा था, उससे वे सन्तुष्ट थे।

अंग्रेज़ी पत्रिका 'फ़िल्म फेयर' ने ख्याति प्राप्त फ़िल्मी कलाकारों के बारे में सेल्फ 'पोट्रेट नाम' से एक कॉलम शुरू किया था। इस कॉलम के लिए अजीत से भी अपना आत्मचित्र पेश करने को कहा गया। 21 दिसम्बर 1956 के अंक में प्रकाशित हुए इस आत्म चित्र में अजीत ने साफ़ लिखा है कि मेरी आत्मा में कोई छिपी हुई इच्छा नहीं है, कोई निराशा नहीं है और न ही कोई अधूरी महत्त्वाकांक्षा बाहर आने को बेचैन है। उन्हें चाँद नहीं चाहिए उन्हें तो अच्छा भोजन, अच्छी सिगरेट और दिन भर की मेहनत के बाद शाम को फुटबॉल खेलने का मौक़ा चाहिए। उन्होंने यह भी लिखा कि वे अहिंसा के विचार पर यक़ीन करते हैं और उन्हें रोल के हिसाब से सिर्फ़ फ़िल्मी पर्दे पर ही लड़ना पसन्द है।

वह एक फ़िल्मी पार्टी थी, जिसमें अजीत की मुलाक़ात बेहद आकर्षक इंटीरियर डेकोरेटर गोइन दी मोंटे से हुई। ख़ुद गोइन भी अजीत के आकर्षक व्यक्तित्व के सम्मोहन से ख़ुद को नहीं बचा पायीं। फ्रांसिसी माँ और ब्रिटिश पिता की सन्तान गोइन के सम्पर्क में आकर धीरे-धीरे अजीत की पूरी जीवन शैली ही बदल गयी। गोइन की सोहबत की वजह से ही उनका शुमार फ़िल्म इंडस्ट्री के सबसे आधुनिक और शानदार लिबास पहनने वालों में होने लगा। खेलों में दिलचस्पी बने रहने की वजह से अजीत रोज कसरत ज़रूर करते थे। इस वजह से वे हमेशा चुस्त-दुरुस्त रहा करते थे। आजीत और गोइन की जोड़ी की चर्चा ज़ोर पकड़ने लगी तो 1952 में अजीत, जिनका चेहरा हॉलीवुड अभिनेता क्लार्क गेबल से बहुत मिलता था और गोइन दी मोंटे जो हॉलीवुड अभिनेत्री आवा गार्दे की बहन लगती थीं, ने शादी कर ली।

गोइन की ख़ूबसूरती की वजह से फ़िल्मकार उन्हें फ़िल्मों में लेने की कोशिश करने लगे। फ़िल्म 'भवानी जंक्शन' बना रहे निर्देशक जॉर्ज कुकर ने अपनी फ़िल्म के लिए गोइन से सम्पर्क किया और उनसे फ़िल्म में काम करने के लिए आग्रह किया, लेकिन गोइन ने उनसे साफ़ इनकार कर दिया, क्योंकि वे जिस समय को जी रही थीं केवल उसी को जीना चाह रही थीं। बाद में फ़िल्म 'भवानी जंक्शन' आवा गार्दे और स्टीवर्ट ग्रेंजर के साथ बनायी गयी। अब गोइन और अजीत अपने सपनों का घर तैयार करने में जुट गये।

पहली पत्नी गोइन दी मोंटे के साथ अजीत

अजीत के फ़िल्मों में चले जाने के फ़ैसले बाद पिता बशीर अली ख़ान को अजीत की शादी के रूप में दूसरी बार अपने बेटे के बाग़ी तेवरों को बर्दाश्त करना पड़ा। वे परम्पराओं से बँधे शख़्स थे। इसलिए वे अजीत को ऐसी शादी की कभी इजाज़त नहीं दे सकते थे। जिस खानदान में सिर्फ़ अपने क़बीले में शादी करने की मज़बूत परम्परा रही हो, वहाँ एक विदेशी लड़की से शादी करने की बात वे कैसे बर्दाश्त करते गोइन को अजीत बता चुके थे कि उनके पिता इस शादी के ख़िलाफ़ हैं और वे बहुत सख़्त इन्सान हैं। गोइन ने अजीत से कहा कि एक बार वे उनके परिवार, ख़ासकर उनके पिता से मिलना चाहती हैं। अजीत, गोइन को लेकर हैदराबाद पहुँचे। पूरा परिवार सन्नाटे में आ गया, लेकिन गोइन ने अपने व्यवहार से अजीत के पूरे परिवार को अपना मुरीद बना लिया।

अजीत के पिता बशीर अली ख़ान का सारा ग़ुस्सा काफ़ूर हो चुका था। उनके परिवार ने गोइन को परिवार के सदस्य के रूप में स्वीकार कर लिया।

अजीत के पास गोइन जैसा जीवन साथी हर सुख-दुःख को बाँटने के लिए मौजूद था। ऐसे में उनकी ज़िन्दगी 'सोने के दिन और चाँदी की रातें' वाली कहावत को हक़ीक़त में बयान कर रही थी। सिनेमा की चर्चित पत्रिका 'फ़िल्म फेयर' ने 'स्टार ऐट होम' नाम के कॉलम में उन अभिनेता-अभिनेत्रियों के घरों के बारे में बताना शुरू किया जिनके घर वहुत सुन्दर थे। तब अजीत के पास बहुत छोटा-सा घर था लेकिन गोइन ने उसे इतना सुन्दर बना दिया कि उसकी चर्चा होने लगी और फ़िल्म फेयर ने 10 जून 1955 के अंक में कई तस्वीरों के साथ उस घर के बारे में विस्तार से लिखा।

लेकिन शादी के दो साल बाद ख़ुशहाल ज़िन्दगी गुज़ार रहे अजीत और गोइन के बीच मतभेद बढ़ने लगे। शारीरिक आकर्षण की वजह से पनपे प्यार में दरारें आने लगीं। हक़ीक़त तो ये थी कि अजीत और गोइन की पर्सनॉलिटी और परवरिश में ज़मीन-आसमान का फ़र्क़ था। अजीत हैदराबाद के एक ऐसे परिवार में पले-बढ़े जहाँ बेहद परम्परावादी माहौल था, जबकि गोइन एक ब्रिटिश मूल की महिला थीं। बहुत खुले विचारों वालीं। स्कर्ट और पैंट पहना करती थीं। उन्हें स्पोर्ट्स कार चलाने, पार्टियों में जाने और पार्टियाँ आयोजित करने का शौक़ था। प्यार का ख़ुमार कम होने पर अजीत को उनके साथ ताल-मेल बैठाने में दिक़्क़त महसूस होने लगी थी। केवल शारीरिक आकर्षण के सहारे बहुत दिनों तक साथ नहीं रहा जा सकता।

फ़िल्मी दुनिया में ऐसे लोग बहुत कम थे, जिनसे अजीत अपनी परेशानी बाँट सकें। ऐसे कम लोगों में दिलीप कुमार भी थे जो फ़िल्म 'नया दौर' की शूटिंग के समय उनके अच्छे दोस्त बन गये थे। एक दिन रात में बहुत परेशानी की हालत में कार चला रहे अजीत को दिलीप कुमार अपने घर के पास ही दिखायी दे गये। दिलीप कुमार को देखकर अजीत ने कार रोक ली। फिर दोनों देर तक बातें करते रहे। कहा जाता है कि दिलीप कुमार और उनके घरवाले अजीत को बहुत पसन्द करते थे और दिलीप साहब की छोटी बहन की शादी अजीत से करना चाहते थे, लेकिन तब तक अजीत साहब शादी कर चुके थे। उन दिनों दिलीप कुमार ख़ुद मधुवाला से अपने रिश्तों को लेकर बहुत परेशान थे। दिलीप कुमार ने राय दी कि गोइन के साथ अपने

मतभेदों को सुलझाने की कोशिश करो क्योंकि तनाव भरी शादीशुदा ज़िन्दगी का असर प्रोफेशनल ज़िम्मेदारियों पर भी पड़ेगा।

दिलीप कुमार को डर था कि डिप्रेशन में डूबे अजीत कहीं कोई ख़तरनाक क़दम न उठा लें। इसलिए एक सच्चे दोस्त का हक़ अदा करते हुए अगले दो-तीन दिन तक दिलीप कुमार अजीत के लगातार सम्पर्क में रहे। इस बीच अजीत ने एक कोशिश और की कि गोइन के साथ ज़िन्दगी सुकून से गुजार सकें, लेकिन उन दोनों के बीच जो असली परेशानियाँ थीं, उन पर अजीत ग़ौर नहीं कर पा रहे थे। पर्दे पर रोमांटिक सीन से दूरी बनाने वाले अजीत अपनी ज़िन्दगी में शायद उस तरह से रोमांस नहीं कर पा रहे थे जैसा कि गोइन चाहती थीं। ख़ुद को पूरी तरह से बदल लेना अजीत के लिए मुमकिन नहीं था और फिर कई बार की लम्बी बातचीत के बाद एक दिन अजीत और गोइन अलग-अलग हो गये।

बहुत सालों बाद अजीत ने अपने एक इंटरव्यू में बहुत शालीनता से इस बात को स्वीकारा कि शायद उन्होंने गोइन के साथ ज़्यादती की होगी, जिसकी वजह से उनके रिश्ते ख़त्म हो गये। गोइन से अलगाव का दौर अजीत के लिए बहुत तकलीफ़देह था। उनके बहुत गहरे दोस्त नहीं थे न ही किसी से ऐसे पारिवारिक सम्बन्ध थे जहाँ से उन्हें भावनात्मक सहारा मिल पाता। ख़ुद उनका परिवार हैदराबाद में था।

दिलीप कुमार के अलावा अजीत के गहरे ताल्लुक़ात अभिनेता जयन्त से थे। गोइन से अलगाव के बाद उनकी शामें अक्सर जयन्त के घर गुज़रा करती थीं। पास में ही एक बोहरा परिवार भी रहता था। इसी परिवार की एक लड़की सारा उर्फ़ शीरीन का जयन्त के घर आना-जाना था। जल्द ही शीरीन और अजीत दोस्त बन गये। शीरीन के रूप में अजीत को एक ऐसे शख़्स का साथ मिल रहा था जो उन्हें वह भावनात्मक सहारा दे सके, जिसकी उन्हें उस वक़्त ज़रूरत थी। अजीत और गोइन के रिश्तों में अलगाव की ख़बर जब बशीर अली ख़ान को मिली तो तो बेटे की ज़िन्दगी को लेकर फ़िक्रमन्द हो उठे।

इस बार बशीर ख़ान मुम्बई में अजीत के पास बिल्कुल बाप बनकर आये। उन्होंने अजीत से कहा कि तुमने ज़िन्दगी के अहम फ़ैसलों पर जब भी ज़िद की तो बुझे दिल से सही, मैं तुम्हारे फ़ैसलों के साथ रहा। लेकिन

अब तुम्हें मेरी बात माननी होगी। इन्सान को अकेले ज़िन्दगी बसर नहीं करनी चाहिए। तुम्हें शादी कर लेनी चाहिए और इस बार तुम्हारी शादी मैं तय करूँगा। उस वक़्त अजीत के पास बाप की बात मानने के अलावा न तो कोई चारा था, न ही वे उनसे किसी तरह की बहस करने की हालत में थे। उन्होंने खामोशी से बशीर अली ख़ान के सामने सिर झुका दिया।

दूसरी पत्नी शाहिदा खान के साथ अजीत

बशीर अली ख़ान की मर्ज़ी के मुताबिक़ उत्तर प्रदेश के शाहजहाँपुर के पास शाहबाद इलाक़े से पठान खानदान की लड़की शाहिदा ख़ान से अजीत की शादी कर दी गयी। बेहद परम्परावादी माहौल में पली-बढ़ी शाहिदा ख़ान ने शादी के बाद अजीत के मकान को घर बना दिया। वे उनके तीन बेटों शाहिद, ज़ाहिद और आबिद की माँ बनीं। अब अजीत की ज़िन्दगी में ठहराव आने लगा। जिस तरह के परिवार की वे कल्पना करते थे, वैसा परिवार उनके पास मौजूद था। शादी के बाद उनकी ज़िन्दगी में एक बदलाव यह ज़रूर आया कि वे ज़्यादातर समय घर पर गुज़ारने लगे, वरना तो फ़िल्म की शूटिंग के अलावा खेल की गतिविधियों में उनका ख़ासा समय बीतता था। फिर भी बहुत घरेलू बन गये अजीत फ़ुटबॉल और क्रिकेट मैच खेलने के अलावा ताश में हाथ आज़माने के लिए वक़्त निकाल ही लेते थे। इस बीच शीरीन से अजीत के दो बेटों–शहजाद अली ख़ान और अरबाज़ अली ख़ान का भी जन्म हुआ।

अजीत काफ़ी सन्तोष के साथ घरेलू ज़िन्दगी में व्यस्त हो गये, लेकिन कॅरियर के मोर्चे पर अब उनकी माँग घटने लगी थी। 1960 के दशक में अजीत की फ़िल्मी पर्दे पर मौजूदगी कम होने लगी थी।

हालाँकि 'नया दौर' 1957 (दिलीप कुमार के दोस्त के रूप में) ने अजीत को काफ़ी शोहरत दिलवायी थी। बी.आर. चोपड़ा की इस फ़िल्म में अजीत एक ग्रामीण की भूमिका में दिखाई दिये। इस फ़िल्म में उनकी भूमिका ग्रे-शेड्स वाली थी। यह फ़िल्म पूरी तरह अभिनेता दिलीप कुमार पर केन्द्रित थी। फिर भी अजीत, दिलीप कुमार जैसे अभिनेता की उपस्थिति में अपने अभिनय की छाप दर्शकों के मन पर छोड़ने में क़ामयाब रहे। 1960 में आयी कालजयी फ़िल्म ''मुग़ले आज़म'' में अजीत की भूमिका बहुत बड़ी नहीं थी वे शहज़ादा सलीम के सेनापति बने थे। पूरी फ़िल्म अकबर, सलीम और अनारकली के इर्द-गिर्द खड़ी की गयी थी, फिर भी संगतराश के रूप में कुमार और दुर्जन सिंह के रोल में अजीत ने यादगार भूमिकाएँ निभायीं। इसे सिर्फ़ क़िस्मत की बात कह सकते हैं कि अजीत कालजयी फ़िल्म ''मुग़ले आज़म'' का हिस्सा बन सके। यह फ़िल्म भारतीय सिनेमा के इतिहास की इतनी चर्चित और भव्य फ़िल्म है कि उसमें जो भी शामिल हुआ, इतिहास में दर्ज़ हो गया। हालाँकि जब ''मुग़ले आज़म'' को के. आसिफ़ ने पहली बार बनाने की कोशिश की तो इसके कलाकार दूसरे थे और उनमें अजीत कहीं शामिल नहीं थे। फिर कई वजहों से के. आसिफ़ की 'मुग़ले आज़म' बनाने की पहली कोशिश रंग नहीं ला सकी।

इस बीच कमाल अमरोही ने सलीम और अनारकली की प्रेम कहानी पर फ़िल्म बनाने का ऐलान किया। उस वक़्त अजीत की ख़ुशी का ठिकाना नहीं रहा जब कमाल अमरोही ने सलीम के रोल के लिए उन्हें चुना। कमाल अमरोही का सलीम गम्भीर और साहसी योद्धा था, जिसे अनारकली के बेपनाह हुस्न ने मोहब्बत करने पर मजबूर कर दिया था। स्टंट फ़िल्मों में अपनी धाक जमा चुके अजीत को कई बार परदे पर देख चुके कमाल अमरोही को उस दौर में सलीम के लिए अजीत से बेहतर और कोई नहीं लगा।

उधर, 1951-52 में के. आसिफ़ की 'मुग़ले आज़म' फिर से शुरू हुई। दुर्जन सिंह के रोल के लिए एक बहुत आकर्षक और रोबदार पठान शख़्स ताज मोहम्मद ख़ान का आसिफ़ ने चुनाव किया, लेकिन ताज मोहम्मद कुछ दिनों के लिए अपने जब परिवार के पास दिल्ली गये तो वहाँ गम्भीर रूप से बीमार पड़ गये। वे लम्बे समय तक मुम्बई नहीं लौट सके और इस तरह यह

रोल उनके हाथ से निकल गया। ये रोबदार शख़्स, आगे चलकर बॉलीवुड के बादशाह ख़ान के नाम से जाने गये शाहरुख़ ख़ान के पिता थे।

इसके बाद के. आसिफ़ ने अजीत को बुलाकर कहा कि दुर्जन सिंह का रोल अजीत करेंगे, मगर अजीत ये सुनकर परेशान हो उठे। एक तरफ़ उन्हें कमाल अमरोही की फ़िल्म में शहज़ादा सलीम का किरदार निभाना था और फ़िल्म का निर्देशक भी कोई मामूली आदमी नहीं था। दूसरी ओर के. आसिफ़ का प्रस्ताव भी बड़ी चीज़ थी। उस रोज़ अजीत के. आसिफ़ को बिना कोई जवाब दिये घर लौट आये और बहुत सोचने के बाद उन्होंने फ़ैसला किया कि के. आसिफ़ का प्रस्ताव उन्हें स्वीकर कर लेना चाहिए। फिर दर्शकों ने जब 'मुग़ले आज़म' में अजीत को दुर्जन सिंह के रूप में देखा तो उन्हें भुलाना मुश्किल हो गया। उनकी डायलॉग डिलीवरी के अन्दाज़ ने 'मुग़ले आज़म' में उनकी अलग पहचान स्थापित की। फ़िल्म में बोला गया उनका एक डायलॉग 'शहज़ादे' राजपूत जान हारता है 'वचन नहीं'। आज तक दोहराया जाता है।

'मुग़ले आज़म' के लिए के. आसिफ़ ने इतनी ज़्यादा शूटिंग की थी कि उससे दो फ़िल्में बन जातीं। लेकिन बहुत-से सीन शूट करने के बावजूद फ़िल्म में शामिल नहीं किये गये। 'मुग़ले आज़म' में अजीत का रोल इतना-सा नहीं था जितना पर्दे पर दिखता है। उनके और भी सीन थे। एक सीन जो कमाल अमरोही ने लिखा और जिसके संवाद उन्हें बहुत पसन्द थे, में अजीत का भी रोल था। फ़िल्म लेखक, सम्पादक और पत्रकार अनीस अमरोही को इस बारे में दिये गये इंटरव्यू में कमाल अमरोही बताते हैं–"न मालूम क्यों फ़िल्म के डायरेक्टर के. आसिफ़ ने उसका इस्तेमाल नहीं किया। वह सीन कुछ इस तरह था। सलीम एक शहज़ादा है और अनारकली एक कनीज़। एक रात सलीम को नींद नहीं आती है और उसी बेक़रारी की हालत में वो बिस्तर से उठ जाता है और दुर्जन सिंह से कहता है कि मैं अभी अनारकली से मिलने जा रहा हूँ। दुर्जन सिंह बहुत मना करता है और कहता है कि इतने बड़े हिन्दुस्तान का शाहज़ादा कनीज़ों और ग़ुलाम के घर जायेगा, यह मुनासिब नहीं है। जब यह अकबरे आज़म को मालूम होगा तो कितना अफ़सोस होगा।

सलीम चूँकि बहुत ज़िद्दी और हठीला था, इसलिए नहीं मानता और दुर्जन सिंह को साथ ले जाता है। सलीम ऊपर अनारकली के पास जाता है

और नीचे दुर्जन सिंह पहरा देता है। सो रही अनारली की नींद टूट जाती है और वह घबराकर खड़ी हो जाती है। वह सलीम से सवाल करती है–

अनारकली–आप यहाँ कैसे आ गये? इस वक़्त आपको यहाँ किसी ने देख लिया गया तो मुझ पर बड़ी मुसीबत टूट पड़ेगी।

सलीम–यह तो रात का वक़्त है और इस अँधेरे मुझे या तुम्हें कोई नहीं देख सकता।

अनारकली–आलम पनाह की निगाहें पत्थर की दीवारों में दरार डालकर देखा करती हैं।

यह सुनकर सलीम को ग़ुस्सा आ जाता है। वह उसे बिस्तर से उठा देता है और कहता है–"क्या तू हर वक़्त अकबरे आज़म से सहमती रहेगी? अभी तक तुझे मालून नहीं कि कौन तुझसे मोहब्बत करता है, आ आज तुझे मैं अपना तार्रुफ़ (परिचय) करा दूँ। वे सिर्फ़ अकबरे आज़म हैं और मैं उनके माथे पर पड़ा वह निशान हूँ जो शेख़ सलीम चिश्ती की चौखट रगड़ते-रगड़ते पैदा हुआ है।" यह कहकर सलीम अनारकली को बिस्तर पर फेंक देता है और चला जाता है।

अजीत फ़िल्म मुग़ले आज़म में

इसी फ़िल्म में एक सीन है जहाँ अनारकली की हँसमुख और बात-बात पर मज़ाक़ करने वाली बहन सुरैया (शीला दलाया) शहज़ादा सलीम के पास बिना इजाज़त लिए पहुँच जाती है तो दुर्जन सिंह उसे टोकता है।

दुर्जन सिंह–यहाँ क्यों आयी हो?

सुरैया–आ गयी।

दुर्जन सिंह–किसकी इजाज़त से आयी हो?

सुरैया–अपने दिल की।

दुर्जन–जाओ यहाँ से।

सुरैया–नहीं जाती।

इस पर सलीम दुर्जन से कहता है, "आने दो दुर्जन।" फिर सलीम अनारकली के नाम एक ख़त सुरैया को देता है, जिस पर दुर्जन सिंह प्रतिक्रिया देता है लेकिन उसे जवाब देती है सुरैया।

दुर्जन सिंह-यूँ ख़त का जाना ख़तरे से खाली नहीं, साहिबे आलम।

सुरैया–मोहब्बत कीजिएगा तो दिल से डर निकल जायेगा।

सुरैया और दुर्जन के छोटी-सी बातचीत है जिसमें दुर्जन सिंह को ख़याल रखना होता है कि वो सलीम की मौजूदगी में बात कर रहा है, इसलिए उसे अदब से पेश आना है, जबकि सुरैया अल्हड़ और बेबाक़ अन्दाज़ में उससे बात करती है। इस सीन में अजीत ने अपने चेहरे और आवाज़ की सख्ती का बेहतरीन इस्तेमाल किया है।

के. आसिफ़ के साथ काम करना अजीत के लिए ज़िन्दगी भर का तजरुबा साबित हुआ। मेहनत किस जुनून के साथ कैसे की जाती है। यह अजीत ने जिस शिद्दत से के आसिफ में देखा, वैसी दूसरी मिसाल उन्हें देखने को नहीं मिली। आसिफ़ के अपनी फ़िल्म के कलाकारों के साथ कितने सहज रिश्ते रहते थे, यह बात अजीत को छू जाती थी। 'मुग़ले आज़म' 1960 में रिलीज़ हुई। फ़िल्म को अभूतपूर्व सफलता मिली, लेकिन अजीत को ए ग्रेड की फ़िल्मों में लीड रोल मिलने बन्द हो चुके थे। उनके पास बी ग्रेड की फ़िल्मों के ही आफ़र आते रहे। धीरे-धीरे वे भी कम होने लगे।

1962 में अजीत की फ़िल्म आयी टॉवर हाउस, जिसमें उनकी हीरोइन थीं शकीला। अजीत के कॅरियर में यह फ़िल्म इसलिए उल्लेखनीय मानी जानी चाहिए कि इसमें कहानी में आये मोड़ की वजह से अजीत को अपना गेटअप बदलकर अभिनय के कई रंग दिखाने के मौक़े मिले। पहले वे सूट में नज़र आते हैं, इसी दौरान एक नाटक को पर्दे पर पेश करने के सीन में वे सलीम बनकर शहज़ादे की पोशाक में हैं। फिर वे कन्धे पर शाल ओढ़े और

आँखों पर मोटे फ्रेम का चश्मा लगाये एक साहित्यकार के रूप में दिखाई देते हैं और फिर ख़ुद को बेगुनाह साबित करने के लिए एक राज़ का पता लगाते हुए उन्होंने फ़कीर का चोला भी पहना है। फ़िल्म में अभिनेत्री शकीला के साथ उनके रोमांटिक सीन बहुत स्वाभाविक लगे हैं। इसका एक गाना बरसों बाद भी लोगों के ज़ेहन में महफ़ूज़ है, "ऐ मेरे दिले नादाँ तू ग़म से ना घबराना।" जबकि साहित्यकार के रूप में चेहरे और बोलने के भावों में अजीत ने कमाल की कोमलता पैदा की है। फ़िल्म में उनका अभिनय बहुत असरदार रहा है।

हर दस से बारह साल के बीच समाज में बदलाव आते रहे हैं। लोगों की पसन्द और नापसन्द में फ़र्क़ दिखाई देने लगता है, जिसका समाज पर साफ़ असर दिखाई देता है। समाज में आ रहे आर्थिक, सामाजिक और राजनीतिक बदलावों का सिनेमा से गहरा रिश्ता रहा है। आज़ादी के बाद के भारत में 1960 के आसपास बदलाव की सुगबुगाहट होने लगी थी। कुन्दन लाल सहगल, मोती लाल और पृथ्वीराज कपूर के चाहने वालों पर दिलीप, देवानन्द, राजकपूर और गुरुदत्त को पसन्द करने वाले भारी पड़ चुके थे। पर्दे पर हीरो-हीरोइन पहले से कहीं अधिक बेबाक नज़र आने लगे। समाज के एक बड़े वर्ग में सिनेमा की जो नाकारत्मक छवि बनी हुई थी, उसमें भी बदलाव आ रहा था। तब तक अजीत और नलिनी जयवन्त की जोड़ी सिनेमा के पर्दे पर बहुत असरदार साबित हो चुकी थी। इसीलिए 1958-59 के आस पास बिक्रम लाल पहावा ने अजीत और नलिनी जयवन्त को लेकर केदार कपूर के निर्देशन में फ़िल्म 'बाम्बे रेसकोर्स' शुरू की। इससे पहले वो फ़िल्म 'बहू' भी बना चुके थे।

समय के हिसाब से हिन्दी सिनेमा की, तब की चर्चित जोड़ी अजीत और नलिनी जयवन्त को लेकर फ़िल्म बनाने का बिक्रम लाल पहावा का फ़ैसला गलत नहीं था, लेकिन आर्थिक दिक़्क़तों और दूसरी कई अड़चनों की वजह से फ़िल्म के तैयार होने में काफ़ी देर हो गयी। क़रीब सात साल बाद जब फ़िल्म बनकर तैयार हुई तो अजीत और नलिनी जयवन्त दोनों रुपहले पर्दे पर अपनी चमक खो चुके थे। समय काफ़ी आगे निकल चुका था। वितरक इस फ़िल्म के प्रदर्शन को लेकर झिझक रहे थे।

बिक्रम लाल पहावा के भतीजे, सन्दीप पहावा बताते हैं कि फ़िल्म के प्रति दर्शकों में आकर्षण जगाने के लिए एक फ़ैसला किया गया।

'बाम्बे रेसकोर्स' की स्टार कास्ट में उस समय सबसे अधिक लोकप्रिय जॉनी वॉकर ही थे। इसलिए फ़िल्म के पोस्टर पर जॉनी वॉकर का बड़ा-सा चित्र प्रमुखता से बनाया गया और नीचे घोड़े दौड़ते हुए दिखाये गये। पोस्टर पर न तो फ़िल्म के हीरो अजीत हैं, न ही हीरोइन नलिनी जयवन्त। आशा थी कि जॉनी वॉकर की लोकप्रियता कुछ दर्शकों को तो सिनेमाघरों तक खींच लायेगी, लेकिन उनकी यह योजना भी परवान नहीं चढ़ सकी। 1965 में 'बॉम्बे रेसकोर्स' को फ़िल्म सेंसर बोर्ड ने प्रमाणपत्र जारी कर दिया था लेकिन फ़िल्म रिलीज़ हुई जुलाई 1966 में।

अब सिनेमा में अजीत की पहली पारी तेज़ी से अपने अन्त की ओर बढ़ने लगी। बतौर हीरो उनकी आख़िरी रिलीज फ़िल्म थी 'पैनिक इन बग़दाद' (1967) जिसकी हीरोइन थीं मुमताज़। अजीत के लिए वह समय काफ़ी मानसिक तनाव वाला था। उनकी उम्र बढ़ रही थी और साथ ही बेटे भी बड़े हो रहे थे, जबकि कमाई के रास्ते सँकरे हो चुके थे। ऐसे में अजीत को इस बात का अहसास कैसे हो सकता था कि उनकी क़िस्मत में और क्या लिखा है। हाथ में मौजूद कुछ फ़िल्मों की शूटिंग के अलावा वे खेल और शिकार में अपना समय बिताने लगे।

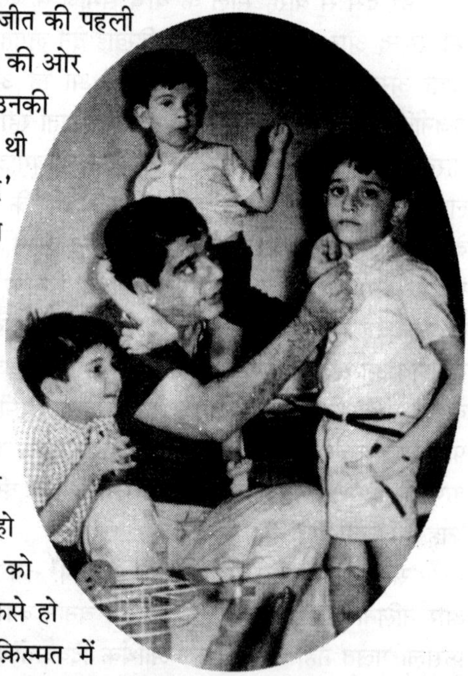

अपने बेटों, शाहिद, ज़ाहिद और आबिद अली ख़ाँ के साथ फ़ुर्सत के पलों में अजीत

मुम्बई आकर जब उनके रिश्ते जयन्त और जॉनी वॉकर से बने तो उन्हें पता चला कि भोपाल और इन्दौर के जंगलों में शेर का शिकार किया जा सकता है। जॉनी वॉकर इन्दौर के रहने वाले थे। उस समय मध्य प्रदेश में

शिकार के लिए परमिट बनवाना पड़ता था जो मुम्बई में बनता था। भोपाल में एक पुलिस अधिकारी जयन्त के अच्छे दोस्तों में से थे। ख़ुद जयन्त को भी शिकार का बहुत शौक़ था। जयन्त ने उन पुलिस अधिकारी से अजीत का परिचय कराया। लड़कपन में पिता की बन्दूक़ चलाने की तरक़ीबें खोजने वाले अजीत के पास अब खुलकर बन्दूक़ चलाने का मौक़ा था।

अजीत अक्सर जॉनी वॉकर और दूसरी फ़िल्म हस्तियों के साथ शिकार पर जाने लगे। एक बार अजीत शिकार खेलने की नियत से रात में जीप से जंगल में गुज़र रहे थे, अचानक जीप के सामने एक शेर आ गया। शेर के शिकार पर जाना और शेर से आमना-सामना हो जाना, दो बहुत अलग-अलग स्थितियाँ होती हैं। अचानक शेर को देख सबके हाथ-पैर फूल गये। जल्दबाज़ी और घबराहट में अजीत ने गोली चला दी। गोली शेर को लगी और वह ज़ख़्मी हो गया। ज़ख़्मी शेर ज़्यादा ख़तरनाक होता है और यही हुआ भी क्योंकि शेर ने जीप पर छलांग लगा दी, तब तक अजीत सँभल चुके थे। इस बार उन्होंने गोली चलायी तो शेर ढेर हो गया। अजीत की ज़िन्दगी में शेर के शिकार की यह इकलौती घटना घटी।

फ़िल्म शिकारी (1963) में अजीत

अजीत के मित्र बने पुलिस अधिकारी लेखक सलीम ख़ान के बहनोई थे। सलीम जिन्होंने आगे चलकर जावेद अख़्तर के साथ सलीम जावेद नाम से जोड़ी बनाई और हिन्दी सिनेमा के सर्वाधिक चर्चित और सफल स्क्रिप्ट राइटर

के तौर पर स्थापित हुए। सलीम ख़ान उस समय इन्दौर में कॉलेज में पढ़ रहे थे। एक बार सलीम ख़ान भी अपने बहनोई के साथ शिकार पर गये। इस मौक़े पर अजीत से उनका परिचय हुआ। सलीम के बहनोई से अजीत के सम्बन्ध बनना एक ऐसा संयोग था, जिसने अजीत और सलीम, दोनों को बहुत फ़ायदा पहुँचाया। अजीत जब फ़िल्म 'नया दौर' की शूटिंग के दौरान इन्दौर में रहे थे, तो सलीम के साथ उनके दोस्ताना रिश्ते मज़बूत हुए। वे सलीम के आत्मविश्वासी व्यक्तित्व से बहुत प्रभावित हुए। फ़िल्म 'नया दौर' की शूटिंग के दौरान अजीत भोपाल में फ़ुर्सत में शिकार के लिए भी समय निकाल लिया करते थे। सलीम ख़ाँ भी अजीत के साथ शिकार पर जाया करते थे। शिकार का यह सिलसिला शूटिंग ख़त्म होने के बाद भी अक्सर इन्दौर में भी चला करता था।

1958 में फ़िल्म निर्देशक के. अमरनाथ इन्दौर में ताराचन्द बड़जात्या के बेटे कमल बाबू की शादी में भाग लेने आये। के. अमरनाथ के साथ अजीत समेत कई फ़िल्मी हस्तियाँ इन्दौर के तब के सबसे मशहूर होटल लेनटर्न में ठहरीं। शाम को सलीम अक्सर उस होटल में जाया करते थे। एक दिन अमरनाथ ने सलीम को देखा और लोगों से पूछा कि ये लड़का कौन है। फिर अमरनाथ ने सलीम को बुलाकर पूछा कि क्या वो फ़िल्मों में काम करेंगे? तभी अजीत भी वहाँ आ गये। सलीम ने अमरनाथ को बताया कि उन्हें एक्टिंग का कोई तजरुबा नहीं है। अमरनाथ ने कहा कि दिलीप कुमार को भी एक्टिंग का कोई तजरुबा नहीं था। न ही उन्होंने कहीं से ट्रेनिंग ली थी। अजीत ने सलीम से कहा कि मुम्बई आ जाओ और फ़िल्म लाइन में कॅरियर बनाओ। के. अमरनाथ उन दिनों नये चेहरे को लेकर फ़िल्म की योजना बना रहे थे। उस समय तक सलीम ख़ान क्रिकेट खेलने के शौक़ को किनारे कर फ़्लाइंग क्लब के सदस्य बन चुके थे। हवाई जहाज़ उड़ाना सीख लेने के बाद सलीम ख़ान को लगा कि फ़्लाइंग में वे जितना कर सकते थे कर चुके। इसके बाद उन्होंने के. अमरनाथ और अजीत के सुझाव पर ध्यान दिया और एक दिन सलीम मुम्बई पहुँच गये।

अमरनाथ ने अपने वादे के मुताबिक़ हज़ार रुपये सइनिंग अमाउंट पर सलीम ख़ान को एक फ़िल्म साइन कराई, मगर सलीम ख़ान की क़िस्मत ख़राब थी। दरअसल, अमरनाथ की एक फ़िल्म 'कल हमारा है'

जो उसी समय रिलीज़ हुई थी बुरी तरह फ़्लॉप हो गयी। अमरनाथ जी अब नये चेहरे के साथ फ़िल्म बनाने की स्थिति में नहीं थे। उन्होंने अपनी एक पुरानी और हिट फ़िल्म 'गाँव की गोरी' जिसमें नूरजहाँ काम कर चुकी थीं, का रीमेक बनाने की योजना तैयार की। इसमें अजीत को हीरो बनाया और सलीम को उनके छोटे भाई का रोल मिला। फ़िल्म की शूटिंग के दौरान सलीम सारा समय अजीत के साथ ही गुज़ारते थे। अजीत को किताबें पढ़ने का बहुत शौक़ था। बेस्ट सेलर किताबों से उनकी अलमारी भरी रहती थी। सलीम को भी पढ़ने का शौक़ था, इसलिए अजीत उन्हें उत्साहित होकर किताबें पढ़ने को देते थे। बदले में सलीम भी उनके लिए किताबें लाते थे। अजीत सलीम ख़ाँ से बड़े थे और फ़िल्म इंडस्ट्री में उनसे काफ़ी सीनियर थे, लेकिन किताबों के शौक़ ने उन दोनों के बीच दोस्ताना रिश्ते को गहरा कर दिया। सलीम ख़ाँ के मुताबिक़ उन दिनों अजीत माउंट मेरी इलाक़े में रहने लगे थे। उनके पास माहिम में भी एक फ़्लैट था जिसे वे बेचना चाहते थे। अजीत ने वह फ़्लैट सलीम को रहने के लिए दे दिया। सलीम उसमें तब तक रहे जब तक वह बिक नहीं गया।

दूसरों से जल्दी न खुलने वाले अजीत को सलीम के रूप में भरोसेमन्द साथी मिल गया था। सलीम बताते हैं कि अजीत को ताश खेलने का बहुत शौक़ था। वे 'क्रिकेट क्लब ऑफ़ इंडिया' में रमी खेलने जाते तो सलीम को भी साथ ले जाते थे। सलीम वहाँ बैठकर खिलाड़ियों को क्रिकेट की प्रैक्टिस करते देखते थे। अजीत ज़्यादातर रमी में जीतते थे और जीतने के बाद वो कुछ रुपये सलीम की ज़ेब में डाल देते थे। अजीत के मन में विदेशी फ़िल्मों को लेकर भी ख़ासा आकर्षण था, उस दौर में मुम्बई में आने वाली शायद ही कोई अंग्रेज़ी फ़िल्म अजीत से छूटती हो। सलीम ने उनके साथ अनगिनत अंग्रेज़ी फ़िल्में देखीं। अजीत अब सलीम पर इतना भरोसा करने लगे थे कि उनसे अपनी प्रोफ़ेशनल बातों पर राय लेते और घरेलू बातें भी साझा करते थे। वे सलीम के बड़े भाई की तरह हो गये। सलीम भी उनके परिवार के एक सदस्य से बन गये।

सलीम ने 'अलाउद्दीन लैला' (1957), 'काबली ख़ान' (1962), 'लहू पुकारेगा' (1968) सहित कुछ और फ़िल्मों में अभिनय किया लेकिन

उन्हें अहसास हो गया कि अभिनय में वे सफल नहीं हो सकेंगे। कॅरियर को लेकर वे अजीत से राय लेते रहते थे।

अंग्रेजी फ़िल्मों को देखने के बाद उन पर सलीम अजीत से जिस तरह चर्चा करते थे, उससे प्रभावित होकर अजीत ने सलीम को सलाह दी कि वे कहानियाँ लिखना शुरू करें। सलीम ने जब लिखना शुरू किया तो उन्हें महसूस हुआ कि यह काम तो वे आसानी से कर सकते हैं। अपनी लिखी कहानियों को वे सबसे पहले अजीत को ही सुनाते थे। अजीत ने उन्हें अपने जानकार कुछ फ़िल्मकारों के पास कहानियाँ लेकर भी भेजा। उसी दौरान अजीत ने अपने पिता के कहने पर शादी कर ली। अब अजीत सारा समय अपने परिवार को देने लगे। सलीम से उनकी मुलाक़ातें कम होती चली गयीं। उधर, सलीम भी अपने दम पर अपना रास्ता बनाने के संघर्ष में व्यस्त हो गये।

1960 के बाद से अजीत का कॅरियर ढलान की ओर बढ़ चला। हर फ़िल्म में उन्होंने अनुशासन, मेहनत और ईमानदारी से काम किया था। उनका सोचना था कि जितनी लम्बी पारी उन्होंने फ़िल्मों में खेली, उससे उनकी प्रतिभा, ख़ूबियों और कमज़ोरियों के बारे में सभी फ़िल्मकारों को पता होगा। इसलिए किसी को उनकी ज़रूरत होगी तो उन्हें काम का ऑफ़र मिलेगा, लेकिन अजीत किसी के पास काम माँगने नहीं जाते थे। ऐसा इसलिए था कि उनका आत्मसम्मान इसकी इजाज़त नहीं देता था। वे फ़िल्मी पार्टियों में शामिल होना भी पसन्द नहीं करते थे। अपने व्यक्तित्व की गम्भीरता को लेकर वे ख़ासे सचेत रहते थे, लेकिन फ़िल्मी दुनिया में अच्छी एक्टिंग, पर्दे पर असरदार मौजूदगी और अच्छा व्यवहार अपनी जगह और काम हासिल करते रहने की कोशिशें अपनी जगह हैं। अजीत कहते थे कि फ़िल्मी कलाकार एक्टिंग के मामले में थोड़ा कमज़ोर हो तो भी चल जायेगा, लेकिन व्यवहार अच्छा नहीं है तो कितना भी आला एक्टर क्यों न हो ज़्यादा दिन टिक नहीं पायेगा। अजीत भी अपने कुशल व्यवहार के दम पर इतना लम्बा रास्ता तय कर पाये थे। मगर उनका कुशल व्यवहार भी अब उन्हें काम नहीं दिलवा पा रहा था।

अजीत की व्यवहार कुशलता और सभ्य बर्ताव का ही असर था कि बरसों बाद भी जब उनसे जुड़ी यादों को जानने के लिए फ़िल्मी दुनिया के उनके समकालीनों से बात की तो अजीत के व्यवहार को लोग भूले नहीं थे। उनके साथ फ़िल्म 'शाहज़ादा' और 'मेहरबानी' में काम कर चुकी अपने दौर की बेहद ख़ूबसूरत अभिनेत्री बेगम पारा ने अजीत के बारे में बताया कि "अजीत साहब की सबसे बड़ी ख़ूबी यह थी कि उनके साथ महिलाएँ आसानी से सहज हो जाती थीं। उनकी बातों या रवैये में कोई छिछोरापन नहीं होता था"। बेगम पारा ने कहा कि "यह एक औरत ही महसूस कर सकती है कि किस मर्द की सोहबत में वह ख़ुद को सुरक्षित महसूस कर रही है, क्योंकि औरतों के मामले में मज़ाक़ की आड़ लेकर मर्द बहुत जल्दी अपनी हदें तोड़ने लगते हैं। अजीत साहब का सेंस ऑफ़ ह्यूमर बहुत शानदार था, लेकिन न तो मुझे न ही मेरे साथ की किसी फ़िल्मी अभिनेत्री को महसूस हुआ कि अजीत साहब मज़ाक़ में कोई हल्की बात कह गये।" बेगम पारा आगे बताती हैं कि "अभिनेता श्याम के एक्सीडेंट की ख़बर सुनकर अजीत अस्पताल की ओर जा रहे थे, तो उनके पीछे अपनी कार से मैं और अभिनेत्री शम्मी भी वहीं जा रहे थे। रास्ते में एक जगह जमा हुई भीड़ की वजह से मुझे कार रुकवानी पड़ी। दरअसल, एक कार का एक्सीडेंट हो गया था और कार की हालत देखकर किसी को भी यक़ीन नहीं हो सकता था कि इसे चलाने वाला ज़िन्दा बचा होगा। तभी किसी ने बताया कि यह कार तो अजीत साहब की है, जिसे वो ख़ुद चला रहे थे। मेरे मुँह से तो चीख़ निकल पड़ी लेकिन फिर ये सुनकर मेरी जान में जान आ गयी कि हादसे के बाद अजीत न सिर्फ़ सकुशल बच गये बल्कि तब तक वे टैक्सी पकड़कर श्याम को देखने निकल चुके थे। रिश्तों को निभाने में उनका कोई जवाब नहीं था।"

अजीत का रिश्तों को बरतने का अपना अन्दाज़ था। किसी के लिए कुछ करने के बाद वे किसी को भी उस बात का पता नहीं चलने देते थे। ख़ामोशी से मदद करना और उसे राज़ रखना अजीत के मिज़ाज में शामिल था। वे लोगों से बहुत संयत होकर मिलते थे लेकिन ज़रूरतमन्द को कभी उसके छोटे होने का अहसास नहीं दिलाया। 1960 में रोज़गार की तलाश में मक़सूद हक़ नाम के एक शख़्स मुम्बई आये। कुछ दिन की भाग-दौड़ के बाद दारा सिंह की फ़िल्म कम्पनी में वे प्रोडक्शन मैनेजर बन गये।

अजीत ने इस कम्पनी की फ़िल्म सुल्ताना डाकू में काम किया था, लेकिन फ़िल्म इतनी बुरी तरह फ़्लॉप हुई कि कम्पनी बन्द हो गयी। एक दिन मक़सूद हक़ अजीत के पास पहुँचे और कहीं काम के लिए उनसे सिफ़ारिश करने की गुज़ारिश की तो अजीत ने उन्हें अपना सेक्रेटरी बना लिया।

मक़सूद हक़ बताते हैं कि कुछ ही दिनों बाद उनकी शादी हो गयी लेकिन पत्नी के साथ रहने के लिए उनके पास कोई जगह नहीं थी। उन्होंने अजीत से अनुरोध किया कि वे रहने के लिए एक छोटा-सा मकान चाहते हैं जिसे ख़रीदेने में अजीत उनकी मदद कर दें। अजीत ने यह सुनकर कहा कि जुमा-जुमा आठ दिन हुए हैं आपको मेरे पास आये और फ़रमाइश शुरू हो गयी। मक़सूद हक़ ख़ामोश हो गये। उन्हें अजीत जैसे शालीन इन्सान से इस तरह के जवाब की कतई उम्मीद नहीं थी। कुछ दिनों बाद एक सुबह जब अजीत नहाकर ड्राइंग रूम में आये तब वहाँ मक़सूद हक़ बैठे हुए थे। अजीत ने उनसे पूछा कि फ़िल्मकार सोहनलाल कँवर की ओर उनका कितना भुगतान बाक़ी है। मक़सूद हक़ ने उन्हें रक़म बतायी तो अजीत ने उनसे कहा कि वे सोहनलाल कँवर से रक़म लेकर अपने घर का इन्तज़ाम कर लें। वह रक़म थी 30 हज़ार रुपये, जो उन दिनों एक बड़ी रक़म हुआ करती थी। मक़सूद हक़ ने उस पैसे से खार में एक फ़्लैट खरीद लिया। अपने समकालीन खलनायक के.एन. सिंह की अजीत बहुत इज़्ज़त करते थे। एक समय ऐसा आया कि के.एन. सिंह की बीमारी की वजह से आँखों की रोशनी चली गयी। ऑपरेशन का ख़र्च उठाने में के.एन. सिंह सक्षम नहीं थे। अजीत को जब पता चला तो उन्होंने के.एन. सिंह को अपने रिश्ते का वास्ता देकर ऑपरेशन का खर्च स्वीकार करने के लिए राजी किया।

इसी तरह बरसों फ़िल्मी पर्दे पर ख़ूँख़ार और ख़तरनाक काम अंजाम देने वाले फ़ाइट डायरेक्टर और अभिनेता शेट्टी अपने अन्तिम दिनों में अक्सर अजीत के घर आ जाते थे। दरअसल, एक फ़िल्म की शूटिंग के दौरान, जिसके फ़ाइट डायरेक्टर शेट्टी थे एक स्टंटमैन की हादसे में मौत हो गयी। फ़िल्म के एक सीन में बम ब्लास्ट का सीन था, जिसमें शेट्टी के ग़लत समय पर एक्शन बोलने की वजह से धमाका समय से पहले हो गया, जिसकी चपेट में वह स्टंटमैन आ गया। शेट्टी उसकी मौत का ज़िम्मेदार ख़ुद को मानते थे।

उसके बाद इस हादसे को भुलाने के लिए उन्होंने बेतहाशा शराब पीना शुरू कर दिया और अपने शानदार कॅरियर को तबाह कर डाला।

शेट्टी के साथ कई फ़िल्मों में काम कर चुके अजीत शेट्टी की भावनाओं को अच्छी तरह महसूस करते थे। अजीत के बेटे शाहिद अली बताते हैं, "वे हमेशा रात में ही आते थे। तब तक वे काफ़ी शराब पी चुके होते थे और जब डैडी को बताया जाता था कि शेट्टी अंकल आये हैं तो देर रात होने के बावजूद डैडी उन्हें ड्राइंग रूम में बैठाते थे। शेट्टी अंकल ज़्यादातर सिर झुकाये ख़ामोशी से बैठे रहते थे और डैडी बीच-बीच में उनका हाथ पकड़कर या फिर कन्धा थप-थपाकर उन्हें सान्त्वना दिया करते थे।"

शाहिद अली अजीत के घर में काम करने वाले कालीदास के बारे में बताते हैं कि घर में कालीदास का काम था सिर्फ़ चाय बनाना। उन्होंने 25 साल की उम्र में अजीत के घर काम करना शुरू किया था। जब वह बहुत बूढ़े हो गये तो अपने गाँव लौट गये। जब तक कालीदास की मृत्यु नहीं हो गयी, डैडी हर महीने उनका वेतन भेजा करते थे।

अजीत ने ख़ुद कभी फ़िल्म बनाने का सपना नहीं देखा और न ही उन्होंने अपने ग़ैर फ़िल्मी दोस्तों को फ़िल्म बनाने के लिए प्रेरित किया। अजीत एक दोस्त थे अब्दुल अज़ीज़। उत्तर प्रदेश में क़ायमगंज के रहने वाले अब्दुल अज़ीज़ कन्नौज में इत्र का बिज़नेस करते थे। फिर वे मुम्बई आ गये और इत्र के व्यापार में अच्छी कमाई की। न जाने कैसे उन्हें ये शौक़ हो गया कि फ़िल्म बनाकर वो भी ग्लैमर वर्ल्ड का हिस्सा बन सकते हैं। हालाँकि उनके पास पैसे की कमी नहीं थी, लेकिन जब अजीत से उन्होंने अपनी दिल की ख़्वाहिश बता कर उनसे मदद करने की बात कही, तो अजीत ने उन्हें एक प्रोड्यूसर के सामने आने वाली मुश्किलों के बारे में विस्तार से समझाया। साथ ही, कई बिज़नेस करने वाले कई लोगों की मिसालें दीं जिन्होंने फ़िल्म बनाने के शौक़ में अपना बिज़नेस भी चौपट कर लिया। अजीत ने कहा कि आपकी फ़िल्म में शामिल होकर मैं तो अपनी फ़ीस ले लूँगा। फ़िल्म बने या न बने यह ज़िम्मेदारी तो प्रोड्यूसर की होगी, लेकिन मैं अपने थोड़े-से फ़ायदे के लिए आपका बड़ा नुकसान क्यों होने दूँ? अब्दुल अज़ीज़ की समझ में बात आ गयी और उन्होंने फ़िल्म बनाने का अपना इरादा छोड़ दिया।

ज़िन्दगी चलती रहती है, लेकिन उसकी रफ़्तार हमेशा एक-सी नहीं रहती। जब अजीत को काम मिलना बहुत कम हो गया तो पैसे की कमी बढ़ने लगी। अब अजीत ने अपने घर और बच्चों के ख़र्च में कटौती कर दी, लेकिन अपने जिन परिचितों और रिश्तेदारों को वे पैसे भेजा करते थे, उन्हें नियमित पैसे भेजते रहने की व्यवस्था करते रहे। उन्होंने दूसरों को कभी अहसास नहीं होने दिया कि उनकी अपनी आर्थिक दशा ठीक नहीं है।

अजीत को सामाजिक ज़िम्मेदारी का अहसास हमेशा रहता था। खेलों में उनकी दिलचस्पी खेलने या मैच देखने तक नहीं रही। विभिन्न सहायतार्थ मैचों में वे नियमित शिरकत करते थे। अजीत फ़िल्म 'फ़ंक्शन कमेटी' के सदस्य भी थे। उस समय इस कमेटी का मुख्य काम था—सहायतार्थ क्रिकेट मैच आयोजित करना। कमेटी में फ़िल्मी सितारों की दो क्रिकेट टीमें बनी थीं एक के कप्तान राजकपूर थे और दूसरी के दिलीप कुमार। अजीत हमेशा राजकपूर की टीम के सदस्य रहे। जीवन भर अजीत राजकपूर को कैप्टन कहकर ही बुलाते रहे।

फ़िल्म इंडस्ट्री की फुटबॉल टीम में शामिल अजीत, साथ में हैं अल नासिर, सी. रामचंद्र, प्राण, रणधीर, जी.एम. दुर्रानी, आग़ा, नवाब, अनवर हुसैन, एम. कुमार, प्रेमनाथ और सुरेश

साठ के दशक के मध्य में अजीत के पास 'दिलरुबा' जैसी कुछ बी ग्रेड फ़िल्में रह गयी थीं। तब तक उनकी उम्र भी ढलने लगी थी। उन्हें इस बात का बख़ूबी अहसास था कि रुपहले पर्दे पर हीरो की उम्र 15 साल से ज़्यादा नहीं होती। जिन गिने चुने लोगों से अजीत की फ़िल्म इंडस्ट्री में अच्छी दोस्ती रही, उनमें एक नाम था राजेन्द्र कुमार। वे राजेन्द्र कुमार ही थे,

जिन्होंने अजीत को न सिर्फ़ खलनायकी करने को कहा, बल्कि खलनायक का रोल भी दिलाया। फ़िल्म 'तीरन्दाज़' (1955) में जब अजीत काम कर रहे थे, तब राजेन्द्र कुमार उस फ़िल्म के निर्देशक एच.एस. रवैल के असिस्टेंट थे। उसी दौर में दोनों के रिश्ते मज़बूत हुए लेकिन यह रिश्ते अजीत के कॅरियर को नयी बुलन्दियों पर पहुँचाने वाली साबित होंगेँ इसका अहसास न तो अजीत को था न ही राजेन्द्र कुमार को।

एक दिन राजेन्द्र कुमार ने अजीत को फ़ोन कर बताया कि उन्हें दक्षिण की एक फ़िल्म मिली है, जिसकी कहानी तो पता नहीं, लेकिन एक कॉस्ट्यूम ड्रामा है। मैं चाहता हूँ कि उसमें विलेन का रोल तुम करो। तब तक फ़िल्मों लीड रोल करने वाले अजीत यह सुनकर चौंक गये। हालात पर गहरी नज़र डालने पर अजीत को अहसास हुआ कि खलनायक या चरित्र अभिनेता की पर्दे पर उम्र हीरो से कहीं ज़्यादा होती है। राजेन्द्र कुमार ने उनसे पूछा कि क्या उन्हें लगता है कि अभी भी उनके पास हीरो के रोल का ऑफ़र आता रहेगा? और अगर ऑफ़र आयेगा भी तो कब तक? उन्हें राजेन्द्र कुमार का सुझाव समझ में आ गया और उन्होंने टी. प्रकाश राव के निर्देशन में बनने वाली सूरज के लिए हामी भर दी। उस समय तक अजीत के पास 'दिलरुबा' सरीखी दो चार बी ग्रेड की फ़िल्में थीं। जब उन फ़िल्मों के निर्माताओं को पता चला कि अजीत विलेन का रोल कर रहे हैं तो वे गिड़गिड़ाये कि अब उनकी फ़िल्मों का क्या होगा? अजीत ने उन्हें समझाया कि जब तक तुम्हारी फ़िल्में रिलीज़ होंगी तब तक 'सूरज' पूरी नहीं हो पायेगी।

अहम बात यह रही कि तब अजीत को हीरो का रोल अदा करने के लिए जितना पारिश्रमिक मिल रहा था, 'सूरज' में विलेन बनने के लिए उससे चार गुना अधिक रकम मिली। फिर इसी फ़िल्म से हिन्दी सिनेमा में एक नये खलनायक का जन्म हुआ। ऐसा खलनायक, जिसकी धारदार आवाज़ और चेहरे के उतार-चढ़ाव से दर्शक सिहर उठते थे। आने वाले समय में इस विलेन की छवि फ़िल्मी पर्दे पर बेहद असरदार साबित हुई। गम्भीर आवाज़, कठोर, लेकिन शालीन लहजा। निडर और असरदार व्यक्तित्व वाले इस खलनायक ने फ़िल्मी पर्दे पर इतिहास रच दिया। इस फ़िल्म की सफलता के बाद भी अजीत ने जिन प्रोडयूसर्स से उनकी फ़िल्में पूरा करने का वादा किया था, उसे निभाते हुए 'सूरज' बनने से पहले अपनी अधूरी रह गयी फ़िल्मों का काम पूरी ईमानदारी से निपटाया। 'सूरज' रिलीज़ होने से पहले हीरो के तौर

पर उनकी जो चार फ़िल्मे 'अरेबियन नाइट्स', 'दिलरूबा', 'सरदार' और 'दो दुश्मन' बाद में रिलीज़ हुईं पर उनमें से कोई भी चर्चित नहीं हो सकी।

रिलीज के बाद सुपर हिट साबित हुई सूरज से अजीत के कॅरियर को नया रास्ता मिल गया। हाथ में चाबुक लिए धोड़े पर सवार एक रियासत का ज़ालिम व्यक्ति। पर्दे पर बेहद दबंग नज़र आये इस किरदार ने दर्शकों और फ़िल्मी दुनिया के लोगों, दोनों को ख़ासा प्रभावित किया। 'सूरज' के बाद निर्दशक लेख टंडन ने शम्मी कपूर अभिनीत फ़िल्म 'प्रिंस' में अजीत को खलनायक के तौर पर पेश किया। यह इत्तेफ़ाक़ था कि सूरज और प्रिंस दोनों फ़िल्मों का संगीत शंकर-जयकिशन ने दिया और दोनों फ़िल्मों का संगीत सुपरहिट रहा। साथ ही, इन दोनों फ़िल्मों की हीरोइन वैजयन्ती माला थीं। अपने एक इंटरव्यू में अजीत ने बहुत बेबाक़ी से बताया था कि 'सूरज' को स्वीकार करने का फ़ैसला उनकी ज़िन्दगी का एक अहम फ़ैसला था। एक तरह से इस फ़िल्म के ज़रिये उन्होंने दूसरा जन्म लिया।

हालाँकि, इन दोनों फ़िल्मों के बाद अजीत के कॅरियर को अचानक बहुत बड़ा फ़ायदा नहीं हुआ, लेकिन उनकी लोकप्रियता की शुरुआत ज़रूर हो गयी। 1968 की फ़िल्म 'राजा और रंक' में अजीत अहम रोल में पर्दे पर दिखाई दिये। इसमें उन्होंने एक रिसायत के ऐसे ग़रीब आदमी हरिराम की भूमिका निभाई है जो जुआ खेलता है और ताड़ी पीता है। अपना ख़र्च चलाने के लिए वो अपने बेटे को पढ़ने नहीं देता, बल्कि उससे भीख मँगवाता है। उसकी बेटी काग़ज़ की चर्ख़ियाँ बेचती है, ताकि घर के राशन का इन्तज़ाम हो सके, लेकिन हरिराम वे पैसे भी हड़पने की फिराक़ में रहता है। फ़िल्म शुरू होने पर अजीत का रोल नकारात्मक है, लेकिन जैसे-जैसे कहानी आगे बढ़ती है, अजीत का किरदार दर्शकों की हमदर्दी हासिल कर लेता है।

फ़िल्म राजा और रंक (1968) में अजीत

साल 1969 में अजीत की रिलीज़ फ़िल्मों 'नन्हा फरिश्ता', 'आदमी और इन्सान' के अलावा 'हम सब क़ातिल हैं' में अजीत की सहानुभूति वाली और दूसरे दर्जे के खलनायक की भूमिका है। 'आदमी और इन्सान' में वे किराये के क़ातिल बने हैं, लेकिन गेटअप हॉलीवुड के काऊबॉय जैसा है। इसी साल रिलीज़ हुई फ़िल्म 'प्रिंस' में वे बाक़ायदा विलेन बने हैं। ग़ौर से देखें तो निर्देशक लेख टण्डन की इस फ़िल्म से ही अजीत की उस छवि की बुनियाद पड़ी, जिसने आगे चलकर अजीत के रूप में हिन्दी सिनेमा को नये अन्दाज़ वाले खलनायक से परिचित कराया।

उस दौर में हिन्दी फ़िल्मों के लिए भारतीय रियासतों की कहानियाँ बहुत सफल मानी जाती थीं। आजादी के आसपास और आज़ादी के बाद के समय को लेकर साठ के दशक में बहुत-सी ऐसी फ़िल्में बनीं जिसमें किसी रियासत को केन्द्र बनाकर कहानियाँ गढ़ ली जाती थीं। रियासत में सत्ता के षड्यन्त्र, युद्ध और रंगीनियाँ दिखाकर फ़िल्म को हिट करवाने की कोशिश रहती थी। 'सूरज', 'प्रिंस' और 'धरती' ऐसे ही कथानक पर आधारित थीं। 'धरती' में अजीत वसन्तपुर नाम की एक ऐसी रियासत के दीवान बने हैं जिसके राजा भारत में शामिल होना चाहते हैं, लेकिन दीवान अपने फ़ायदे के लिए वसन्तपुर को पुर्तगालियों के हवाले करना चाहता है। शंकर-जयकिशन के संगीत से सजी यह फ़िल्म भी सफल रही।

अब अजीत हर तरह के रोल स्वीकार कर रहे थे। अभी तक उन पर खलनायक का ठप्पा नहीं लगा था। इस वजह से वे खलनायक के साथ चरित्र अभिनेता के तौर पर भी पर्दे पर नज़र आ रहे थे। 'आदमी और इन्सान', 'नन्हा फरिश्ता' (1969), 'पराया धन' और 'अन्दाज़' उसी दौर की फ़िल्में हैं, लेकिन अजीत का वह किरदार जिसने आगे चलकर 'ज़ंजीर' से शोहरत बटोरी और 'कालीचरण' में अपने चरम पर पहुँचा, उसकी जड़ें तलाशें तो फ़िल्म 'जीवन मृत्यु' (1969) में मिलती हैं। यह धर्मेंद्र के साथ उनकी पहली फ़िल्म थी। धर्मेन्द्र और अजीत दोनों एक बैंक में काम करते हैं, लेकिन अजीत से जूनियर होने के बावजूद अपने बेहतरीन काम की वजह से धर्मेन्द्र को बैंक का मैनेजर बना दिया जाता है। अजीत षड्यन्त्र कर धर्मेन्द्र को जेल भिजवा देते हैं। फिर धर्मेन्द्र को उनके जेल जाने की असली वजह पता चलती है, तो वह अजीत से बदला लेते है। हीरो को बेबस बनाने के

लिए उसकी प्रेमिका या परिवार वालों को बन्धक बना लेने का खलनायक अजीत का सबसे कारगर दाँव रहा जो सबसे पहले इसी फ़िल्म में दिखाई देता है। पढ़े-लिखे, शरीफ नज़र आने वाले खलनायक का रोल अजीत ने इस फ़िल्म में बेहद शिद्दत से निभाया है। अपने ऐसे किरदार को उन्होंने 1970 में आयी एस.डी. नारंग की फ़िल्म 'दो ठग' में और विस्तार दिया है। फ़िल्म में वे दुनिया की नज़रों में एक शरीफ बिज़नेसमैन रंजीत बने हैं। रंजीत ऐसे गिरोह का मुखिया हैं, जो स्मगलिंग करता है। 1970 से 1972 के बीच अजीत की क़रीब 16 फ़िल्में आयीं। इसमें सबसे उल्लेखनीय थी, राजेन्द्र कुमार अभिनीत 'धरती'। इस फ़िल्म में भी अजीत ने फ़िल्म सूरज जैसा रोल निभाया है, लेकिन इसमें ज़्यादा ख़ौफ़नाक और जालिम इन्सान बनकर।

सूरज की सफलता से अजीत को फ़िल्मों में दूसरा जीवन मिला। काम मिलने लगा तो पैसों की किल्लत दूर होने लगी। परिवार को लेकर उनकी आर्थिक चिन्ताएँ कम हुईं। उनकी इच्छा थी कि अब नियमित आय होती रहे, लेकिन फ़िल्मों में अभिनय से जुड़े लोगों के पास नियमित आय का कोई फॉर्मूला नहीं बना है। वैसे अजीत किफ़ायती स्वभाव के ज़रूर थे, लेकिन कभी लालची नहीं रहे। उन्होंने अधिक पैसे कमाने के लालच में कभी फ़िल्म बनाने का इरादा नहीं किया। एक फ़िल्म बनाने में प्रोड्यूसर को क्या-क्या परेशानियाँ उठानी होती थीं, इससे अजीत अच्छी तरह वाकिफ़ थे और वैसी परेशानियाँ उठाने की ज़िम्मेदारी वे नहीं लेना चाहते थे। फिर भी, नियमित आय की कोशिश में उन्होंने दिवा फ़िल्म प्रोडक्शन के नाम से एक प्रोडक्शन हाउस ज़रूर स्थापित किया। जहाँ से साउंड और लाइट के उपकरण किराये पर दिये जाते थे। उन्हें कुछ लोगों ने राय भी दी कि काफ़ी उपकरण तो उनके पास ख़ुद ही हैं, ऐसे में उन्हें छोटे बजट की कोई फ़िल्म बनानी चाहिए, मगर अजीत ने इस राय पर ध्यान नहीं दिया। उनके लिए बजट से ज़्यादा अहम मसला था कलाकारों, तकनीशियन और दूसरे कई विभागों के लोगों से तालमेल बैठाना। वे फ़िल्मी दुनिया का चलन भी जानते थे और उन्हें अपने मिज़ाज का भी बख़ूबी अन्दाज़ था। कुछ सालों तक यह प्रोडक्शन हाउस चला और फिर अजीत ने इसे बन्द कर दिया।

'सूरज' के बाद कई फ़िल्मों में काम करने के बावजूद अजीत के हिस्से में वैसी कोई दूसरी सुपर हिट फ़िल्म नहीं आयी। अब अजीत के लिए

क़रीब-क़रीब हालात ऐसे बनते जा रहे थे कि उनकी पहचान चरित्र अभिनेता के तौर मज़बूत हो रही थी और अजीत को इसका कोई मलाल भी नहीं था, लेकिन क़िस्मत को यह मंज़ूर नहीं था। क़िस्मत उन्हें फ़िल्मी पर्दे पर तीसरा जनम लेने के लिए बाध्य कर रही थी और फिर क़िस्मत की ही चली। अजीत को एक फ़िल्म मिली, जिसका नाम था—'ज़ंजीर'।

'ज़ंजीर' (1973) में अजीत ने एक ऐसे उद्योगपति धर्म दयाल तेजा की भूमिका निभायी जो बहुत नाप-तौल कर बोलता है, लेकिन उसके बोलने का एक ख़ास अन्दाज़ है। उसके व्यक्तित्व, बोलने के लहजे और चेहरे पर इतना आत्मविश्वास है मानो उसकी मुट्ठी में पूरी दुनिया है और उसे किसी की न तो कोई फ़िक्र है न कोई ख़ौफ़ है। विलेन यानी कि खलनायक हिन्दी सिनेमा की मुख्यधारा में एक ऐसा चरित्र रहा है, जिसकी अपनी क्रूरता, दुष्टता, चालाकी, धोखेबाज़ी और धूर्तता से फ़िल्म में नायक मज़बूत होता है। खलनायक जितना सशक्त और मज़बूत होगा उतना ही नायक को अपने रोल में मज़बूती मिलेगी। 'ज़ंजीर' में विजय बने अमिताभ बच्चन की ख़ामोशी और ग़ुस्से को सबसे ज़्यादा ताक़त दी अजीत के किरदार ने। तेजा का रोबीला चेहरा, इस्पात की तरह सख़्त लहजा और बर्फ की तरह ठण्डी आवाज़ लोगों के दिलो-दिमाग़ में गहरे तक बैठ गयी। ये खलनायक ठण्डे सुर वाला क्रूर आदमी है।

तेजा के रूप में अजीत फ़िल्म ज़ंजीर (1973) में

उसकी छवि बनावटी नहीं लगती वह आम आदमी की तरह लगता है, लेकिन दिमाग़ शातिर अपराधी वाला है। इस छवि को अजीत ने अपनी ख़ास संवाद अदायगी से अमर बना दिया। फ़िल्म में तेजा अपने हथकण्डों के सहारे विजय को जेल भिजवा देता है। जेल से छूटने के बाद विजय तेजा से फ़ोन पर अपने ग़ुस्से पर पूरी तरह से क़ाबू करते हुए ठण्डे लहजे में कहता है–

विजय–तेजा, मैं जेल से बाहर आ गया हूँ।

तेजा–कहो तो फिर अन्दर करा दूँ?

फ़िल्मी पर्दे पर दुश्मनी का इतना सभ्य रूप इससे पहले नहीं दिखा था। किसी के ग़ुस्से का अति अत्माविश्वास के साथ यूँ चुटकियों में मज़ाक़ उड़ा देने की तेजा की अदा दर्शकों को आज तक याद है। इसी फ़िल्म के एक और दृश्य में तेजा मोना के साथ बातें करते हुए उसे बताता है कि आज वो जो कुछ भी है स्वर्गीय पाटिल साहब की वजह से है। मोना पूछती है कि उनकी डेथ कैसे हो गयी, तो तेजा बहुत सहजता से बताता है कि मैंने ही उनका क़त्ल कर दिया था। इस डायलॉग से पैदा हुई सिहरन सिर्फ़ मोना के चेहरे पर ही नहीं दिखाई देती बल्कि दर्शकों का दिल भी सिहर उठता है।

फ़िल्म 'ज़ंजीर' की कहानी सलीम ख़ाँ ने तब लिखी थी जब उन्होंने लेखक के तौर पर जावेद के साथ जोड़ी नहीं बनायी थी। 'ज़ंजीर' की कहानी तो सलीम ख़ान की थी, लेकिन स्क्रीन प्ले सलीम और जावेद ने मिलकर लिखा। प्रकाश मेहरा की बतौर प्रोड्यूसर डायरेक्टर 'ज़ंजीर' पहली फ़िल्म थी। इससे पहले सलीम-जावेद 'अधिकार', 'हाथी मेरे साथी', 'सीता और गीता' तथा 'अन्दाज़' लिख चुके थे। सलीम ख़ान बताते हैं कि जब ज़ंजीर बनाने की तैयारी हुई तो वे इस बात से सौ फ़ीसदी सहमत थे कि तेजा के किरदार के लिए अजीत सबसे उपयुक्त रहेंगे। वे बताते हैं, " 'ज़ंजीर' में भी मैंने अजीत साहब के लिए रोल लिखा। 'ज़ंजीर' रिलीज़ होने के बाद तो अजीत साहब का बोलने का अन्दाज़ इतना लोकप्रिय हुआ कि उन्हें आगे चलकर यही अन्दाज़ अपनी हर हिट फ़िल्म में दोहराना पड़ा। अजीत के रूप में विलेन का एक नया चेहरा सामने आया। दरअसल, विलेन तो हमारे समाज में ही होता है, एक आम आदमी की तरह। वे हर वक़्त हथियारों से लैस होकर या कहकहे लगाता हुआ नहीं मिलता। जैसा की हिन्दी फ़िल्मों में ज़्यादातर विलेन प्रदर्शित किये जाते थे। ख़ास बात ये हैं कि 'ज़ंजीर' में बोलने का अन्दाज़ अजीत साहब ने ख़ुद ही विकसित किया था।

दरअसल, हैदराबाद में अजीत साहब ऐसे शख़्स को जानते थे, जो बहुत असरदार शख़्सियत का मालिक था और बड़े सुकून से बातें करता था, लेकिन उसके ज़्यादातर धन्धे नाजायज़ थे। वह किसी का क़त्ल कराने से भी नहीं चूकता था, लेकिन बोलने में कभी भी लाउड नहीं होता। अजीत साहब ने जब रिहर्सल के दौरान उस अन्दाज़ में बोलकर दिखाया तो सेट पर मौजूद हम सभी लोग बहुत प्रभावित हुए।"

सलीम ख़ाँ आगे बताते हैं कि "'ज़ंजीर' से सिर्फ़ प्रकाश मेहरा, अमिताभ बच्चन और सलीम जावेद ही हिट नहीं हुए, अजीत साहब भी हिट हुए, लेकिन मेरे लिए इससे ज़्यादा सुकून और ख़ुशी की बात यह थी कि जब अजीत साहब हीरो थे तो किसी भी फ़िल्म के लिए उन्हें डेढ़ लाख रुपये से ज़्यादा नहीं मिले, लेकिन ज़ंजीर के बाद एक फ़िल्म के छह लाख रुपये तक मिलने लगे। मुझे यह सोचकर बहुत अच्छा लगता था कि जिस इन्सान ने मुझे अपने परिवार के सदस्य की तरह पनाह दी, मार्ग दर्शन किया और कड़े वक़्त में लगातार हौसला बढ़ाया, उनके लिए मैं कुछ कर सका।"

'ज़ंजीर' जब शुरू हुई तब प्रकाश मेहरा के सामने पैसे का संकट था। उन्होंने अजीत से अनुरोध किया कि फ़िल्म में इस्तमाल होने वाली अपनी ड्रेस का इन्तज़ाम वे ख़ुद कर लें तो बेहतर होगा। अजीत राजी हो गये। उन्होंने फ़िल्म में जो भी ड्रेस पहनी वह उनकी अपनी थी। सलीम जावेद और प्रकाश मेहरा उनके गेटअप और संवाद अदायगी से पूरी तरह सन्तुष्ट थे। अजीत 'ज़ंजीर' में बोले गये स्टाइल से मिलते-जुलते अन्दाज़ में 'प्रिंस', 'पतंगा' और 'जीवन मृत्यु' जैसी फ़िल्मों में भी संवाद बोल चुके थे, लेकिन रिहर्सल कर शॉट देने के बाद जब प्रकाश मेहरा शॉट से सन्तुष्ट होकर कट बोलते थे, तब भी अजीत उनसे पूछते थे कि क्या इस शॉट में उन्हें कुछ और वैरायटी चाहिए। सलीम हँसते हुए कहते थे, "अजीत साहब, आपने जो बोल दिया वह ओके ही होता है", मगर अजीत को लगता था कि अगर शॉट बेहतर-से-बेहतर होने में कोई गुंजाइश रह गयी हो तो वे फिर से शॉट दे सकते हैं। उनका यह प्रोफेशनल रवैया हमेशा बना रहा। 'ज़ंजीर' की अपार सफलता के साथ ही अजीत की छवि इतनी मज़बूत हो गयी कि वे अपनी बनायी छवि में ही क़ैद होकर रह गये। आगे चलकर अपनी इस ख़ास शैली को दोहराते रहना उनकी मजबूरी बन गयी।

दरअसल, सत्तर के दशक की शुरुआत होते-होते भारतीय समाज बहुत बेचैन हो उठा था। समाजवादी व्यवस्था के चलते हर चीज़ पर सरकारी नियन्त्रण था। विदेशों में बने पेन और कपड़े से लेकर रोजमर्रा के इस्तेमाल की चीज़ें और उपकरणों का उपयोग दुनिया भर में हो रहा था, लेकिन भारतीयों के लिए उन वस्तुओं का उपयोग सपना देखने के समान था, क्योंकि वे यहाँ खुले बाज़ार में उपलब्ध ही नहीं थीं। भारत का उच्च और मध्यम वर्ग भी ऐसी वस्तुएँ हासिल करना चाहता था। इसलिए देश में एक बड़ा बाज़ार विकसित हो चुका था, जो सरकारी नियन्त्रणों के आगे बेबस और बेचैन रहता था।

इस बाज़ार की माँग को पूरा करने के लिए स्मग्लिंग का पूरा तन्त्र विकसित हो गया। सामाजिक और राजनीतिक तौर पर असरदार कहे जाने वाले लोग पर्दे के पीछे रहकर सरकारी ठेकों में हिस्सेदारी, जमाखोरी और स्मग्लिंग के धन्धों से जुड़कर दोनों हाथों से दौलत कमाने लगे। राजनीतिक रसूख का प्रदर्शन कर प्रशासन से अपने फ़ायदे का काम कराने वाले ये लोग ख़ुद ख़ून-ख़राबे में सीधे शामिल नहीं होते, लेकिन किसी का क़त्ल कराने में झिझकते भी नहीं थे। इनके बहुत-से गुर्गे होते थे, जो इनके हुक्म पर कुछ भी कर डालते थे। ये सफ़ेदपोश अनाथालयों, विधवाश्रमों, साहित्यिक संस्थाओं और राजनीतिक जलसों में चन्दा देकर सामाजिक सम्मान हासिल करते रहते थे। अपने धन्धे को बनाये रखने या उसे और विस्तार देने के लिए नेताओं के ज़रिये प्रशासन तक इन लोगों की पहुँच बन जाया करती थी। कुल मिलाकर समाज का नियन्त्रण अब ऐसे लोगों के हाथ में पहुँचने लगा। इनकी असलियत सब जानते थे, लेकिन इनके ख़िलाफ़ आवाज़ उठाना भारी पड़ता था। यही लोग समाज के नये खलनायकों के रूप में उभरे। अब तक फ़िल्मों में बुरे आदमी के प्रतीक के रूप में डाकू, साहूकार और ज़मींदार हुआ करते थे, पर अब गैंगस्टर और सफ़ेदपोश अपराधी खलनायक बन गये। सिनेमा के पर्दे पर इनकी हरक़तों और उससे समाज पर पड़ने वाले प्रभाव को दिखाया जाने लगा। ऐसे ही सफ़ेदपोश अपराधियों को पर्दे पर पेश करने के लिए सबसे असरदार अभिनेता बनकर उभरे अजीत।

ऐसे खलनायकों का मुक़ाबला करने के लिए हीरो भी नये अन्दाज़ वाले पेश किये जाने लगे। बहुत चालाकी से अपना धन्धा चलाने वाले इन

सफ़ेदपोश अपराधियों की पहुँच राजनीति, प्रशासन और अदालत तक होती थी, इसलिए क़ानून व्यवस्था भी इनका कुछ बिगाड़ नहीं पाती थी। उधर बेरोज़गार युवाओं का आक्रोश सड़कों पर आने लगा था। इस स्थिति में विद्रोही नायक गढ़े गये जो ऐसे सफ़ेदपोशों से समाज को निजात दिलाने के लिए ज़रूरत पड़ने पर क़ानून भी अपने हाथ में लेने लगे। ये नायक आक्रामक, बेपरवाह और अन्याय का बदला ख़ुद लेने वाले होते थे।

ऐसे नायकों का मुक़ाबला करने के लिए अजीत की खलनायकी की अनोखी शैली थी। उनसे पहले खलनायकों ने आम तौर पर ऐसी शैली नहीं अपनायी थी। क़ीमती सूट, हाथ में सिगार, शालीन, मृदुभाषी, एक लाइन के चुटीले डायलॉग और सपाट लेकिन कठोर चेहरा, दबंग व्यक्तित्व। इस गेटअप में अजीत को बहुत पसन्द किया गया। उनका गेटअप 50 और 60 के दशक की हॉलीवुड की गैंगस्टर फ़िल्मों से लिया गया, जिसमें कई बदलाव ख़ुद अजीत ने किये। अजीत ख़ुद भी हॉलीवुड फ़िल्में देखने के शौक़ीन थे, इसलिए निर्देशकों को अपने किरदार को लेकर सुझाव देते रहते थे। फ़िल्म 'वारंट' (1975) में निर्देशक प्रमोद चक्रवर्ती चाहते थे कि अजीत ऑक्सिजन मॉस्क लगायें। यह खलनायक के तौर पर अजीत के लिए नया प्रयोग होगा जो दर्शकों को अहसास दिलायेगा कि जो इन्सान ख़ुद ऑक्सिजन मॉस्क के सहारे ज़िन्दा है, वे दूसरों को लेकर कितना क्रूर है, लेकिन अजीत ने सुझाव दिया कि उनके हाथ में सिगार होगा। इससे विलेन का व्यक्तित्व अधिक लापरवाह और असरदार रहेगा। प्रमोद चक्रवर्ती ने उनकी बात मान ली।

बहुत सर्द लहजे में बोलने वाले अजीत ने चेहरे को ख़ौफ़नाक बनाकर नाटकीय शैली में उस दौर में भी कभी संवाद नहीं बोले जब आतंक को पर्दे पर ज़ोरदार ढंग से व्यक्त करना खलनायक के लिए ज़रूरी माना जाता था। अजीत का कहना था कि विलेन अपनी दुष्टता को दर्शाने के लिए बात-बात पर गोली चलाता रहे या रेप करे या चीख़-चीख़कर अपना आतंक जमाये यह क़तई ज़रूरी नहीं। दुष्टता तो अपनी बोल-चाल, आवाज़ और हरकतों से भी जाहिर की जा सकती है। और यही सब तो अजीत कर भी रहे थे। 'ज़ंजीर' के बाद अजीत की खलनायकी का क़द इतना बड़ा हो गया था कि अक्सर हीरो उनके सामने बौने नज़र आते थे। फ़िल्म निर्माताओं से वितरकों की माँग रहती थी कि तेजा जैसा किरदार चाहिए।

अजीत ने कड़की के दिन भी बहुत नफ़ासत के साथ गुज़ारे थे। यह जीवन शैली उन्हें विरासत में मिली थी और यही नफ़ासत खलनायक बनने के बाद भी उनके अभिनय में झलकती रही। फ़िल्मों में वो बेहद सुकून और शान्ति के साथ अपने गुर्गों के ज़रिये सारे काम कराते थे। ख़ुद लड़ाई करने में उनका विश्वास नहीं था। मार-पीट और हत्या जैसे काम वे अपने गुर्गों से ही कराते थे। अपने खलनायकी के पूरे जीवन में अजीत ने बलात्कार का सीन प्रतीकात्मक रूप से किया। हाँ, यातना देने और आतंक पैदा करने के नये-नये तरीक़े उनकी फ़िल्मों का अहम हिस्सा ज़रूर होते थे। देवानन्द की फ़िल्म 'वारंट' (1975) में उन्होंने तेज़ाब का टैंक बनवा रखा था, जिसमें उनके विरोधियों को डालकर गला दिया जाता था। एक और फ़िल्म में जब सारे जमाखोर इस बात से परेशान होकर उनसे कह रहे थे कि सरकार ने विदेश से अनाज मँगवा लिया है और उनका धन्धा अब चौपट हो जायेगा तो बॉस बने अजीत ने अनाज से भरा वह जहाज़ बम के धमाके से उड़वा दिया। हीरो को बेबस बनाने के लिए उनके दिमाग़ में कोई-न-कोई चाल ज़रूर रहती थी। अजीत के किरदार बनावटी या दूसरी दुनिया के नहीं लगते थे। इसीलिए दर्शक उनके किरदारों से ख़ुद को आसानी से जोड़ लेते थे। इतना ही नहीं, अजीत भले ही विलेन रहे हों, लेकिन उनकी चालबाज़ी और शातिर चालों के प्रति दर्शकों में रहस्यमयी उत्सुकता बनी रहती थी कि देखें अब वे क्या करेंगे। अजीत अपनी खलनायक की छवि को लेकर सचेत रहते थे। उन्होंने ऐसे रोल नहीं स्वीकारे जहाँ उनकी छवि को धक्का लग रहा हो।

'ज़ंजीर' के सुपर हिट होने के बाद सलीम जावेद जब फ़िल्म 'दीवार' पर काम कर रहे थे तो 'ज़ंजीर' के दो सुपर हिट लोगों अमिताभ और अजीत को फिर फ़िल्म में लेना चाहा। अमिताभ ने तो अपना रोल स्वीकार कर लिया, लेकिन अजीत ने मना कर दिया। दरअसल, फ़िल्म के एक दृश्य में अमिताभ बिस्तर रंगरलियाँ माना रहे खलनायक को उठाकर फेंकते हैं जो नीचे स्वीमिंग पूल में गिरता है। चूँकि खलनायक लड़की के साथ बिस्तर में लेटा है तो पूल में फेंके जाते समय उसे अंडरवियर पहने दिखाया जाना था अजीत अंडरवियर में पर्दे पर दिखने के ख़िलाफ़ थे, लेकिन यश चोपड़ा की सोच में यह सीन फ़िल्म का अहम हिस्सा था और वो इसे बदलना नहीं चाहते थे।

अजीत के इनकार करने के बाद इस रोल को मदनपुरी ने निभाया। अजीत का कहना था कि विलेन में भी कुछ मर्दानगी दिखाई पड़नी चाहिए।

किसी कलाकार के लिए खलनायक होने की सबसे बड़ी सफलता यही है कि लोग उसे बुरा समझें और उससे नफ़रत पैदा हो। कभी-कभी खलनायक का एक संवाद पूरी फ़िल्म पर भारी रहता है। 1973 से अजीत ऐसे खलनायक के रूप में उभरे जिसे बुरा भी माना जाता था और नफ़रत भी होती थी, लेकिन उनके दबंग और आक्रामक रवैये तथा यूरोपीय गेटअप को दर्शक पसन्द भी करते थे। दर्शकों के मन में जैसी नफ़रत प्राण ने पैदा की वैसी अजीत ने नहीं की। इसकी एक वजह यह भी रही कि 'ज़ंजीर' के हिट होन के बाद उनके पास अधिकतर रोल ही ऐसे आये, जिसमें वे एक असरदार हैसियत से पर्दे पर नज़र आते हैं।

1973 में 'ज़ंजीर' रिलीज़ होने के बाद उसी साल अजीत की एक और फ़िल्म आयी 'यादों की बारात'। इसमें अजीत शाकाल के नाम से जैसा रोल निभाते हैं, वैसा ही 'ज़ंजीर' में भी निभाया था। इसे 'ज़ंजीर' वाले रोल की कार्बन कॉपी कहना ग़लत नहीं होगा। दरअसल, जब 'यादों की बारात' की स्क्रिप्ट अजीत ने सुनी तो उन्होंने निर्देशक नासिर हुसैन को टोका भी था कि यह कहानी और उनका रोल दोनों 'ज़ंजीर' से हू-ब-हू मिलता है, लेकिन नासिर ख़ान ने उनसे कहा कि वे फ़िल्म को इसी तरह बनायेंगे। नासिर हुसैन को पूरा भरोसा था कि यह फ़िल्म दर्शकों को पसन्द आयेगी और उनका भरोसा सही साबित हुआ। 1973 में ही अजीत की एक और फ़िल्म रिलीज़ हुई 'कहानी क़िस्मत की'। इसमें अजीत खलनायक ज़रूर हैं, लेकिन उस छवि में नहीं हैं, जिसके लिए वे मशहूर हैं। कहानी में उनका जो किरदार है वह अंडरवर्ल्ड बॉस का नहीं है, लेकिन उनके चरित्र में ख़ासे उतार चढ़ाव हैं। उनके एक लालच के लिए उन्हें ब्लैकमेल कर उनसे हर महीने पैसे वसूले जाते हैं। हाँ, फ़िल्म के अन्त में उन्होंने अपनी असली रूप दिखाया है। इस फ़िल्म में उन्होंने खलनायकों वाले हथकण्डे अपनाये पर एक आम इन्सान के षड्यन्त्रों वाली चालें वे चलते हैं।

साल 1973 अजीत के करियर को पूरी तरह बदल देने वाला महत्त्वपूर्ण साल था। 1973 में एक के बाद एक उनकी ख़ास छवि को मज़बूती से पूरी तरह स्थापित कर देने वाली फ़िल्में आयीं। इस कड़ी में एक फ़िल्म 'जुगनू' भी थी।

इसमें अजीत एक गैंगस्टर बने हैं। उनके गैटअप को ज़्यादा क्रूर और ख़ौफ़नाक बनाने के लिए उनका एक हाथ लोहे का दिखाया गया है। इसमें भी वही नाजायज़ धन्धे, वही शातिराना चालें, सधे हुए लहजे में डायलॉग बोलने का अन्दाज़। यह उनकी ख़ुशक़िस्मती थी कि 'जुगनू' भी हिट फ़िल्म साबित हुई। सफलता का सफ़र यहीं नहीं रुका। विजय आनन्द के निर्देशन में इसी साल आयी 'छुपा रुस्तम'। अथाह सोने की तलाश में विक्रम सिंह बने अजीत बर्फ़ से घिरी भारत-चीन सीमा पर पूरे गैंग के साथ हैं। कहानी में कई मोड़ आते हैं। अजीत ने ख़ूँख़ार बॉस की जगह एक धूर्त गिरोहबाज़ की भूमिका निभायी है। इस भूमिका के साथ भी अजीत ने पूरा इन्साफ़ किया है। यह फ़िल्म भी उस साल की सफल फ़िल्मों में शुमार की जाती है।

फ़िल्म छुपा रूस्तम (1973) के सेट पर
देवानन्द और प्रेम चोपड़ा के साथ अजीत

लेकिन 1973 की झोली में अजीत के लिए अभी एक और तोहफ़ा था। इसी साल एक और सुपर हिट फ़िल्म आयी 'धर्मा'। यह फ़िल्म अपनी कहानी और कलाकारों की एक्टिंग के बजाय अपनी सुपर हिट कव्वाली "*राज़ की बात कह दूँ तो जाने महफ़िल में फिर क्या हो*" की वजह से याद की जाती है। 'धर्मा' में अजीत का नाम अजीत ही रखा गया है। फ़िल्म में 'धर्मा' यानी प्राण एक कुख्यात डकैत है, जो पुलिस से बचकर नाव से भागने की कोशिश करता है, लेकिन उसकी पत्नी और बेटा इंस्पेक्टर अजीत द्वारा चलाई गयी गोलियों की चपेट में आ जाते हैं और वे पानी में गिर जाते हैं। धर्मा को लगता है कि उसका बेटा पानी में डूब गया। पत्नी और बेटे से जुदाई का डाकू धर्मा बदला लेता है और अजीत की बेटी का अपहरण करता है।

फिर वह शहर में चन्दन सिंह बनकर अपना गिरोह चलाता है। तब तक अजीत सिंह तरक़्क़ी पाकर पुलिस कमिश्नर बन चुका होता है। फ़िल्म में नवीन निश्चल और रेखा भी हैं, जो क्रमश: धर्मा और अजीत सिंह के बिछड़े हुए बच्चे हैं। चन्दन सिंह भेस बदल कर एक नवाब बन जाता है और अजीत सिंह के पड़ोस में रहकर अजीत सिंह से दोस्ताना रिश्ते बना लेता है। भारी गोली बारी और ख़ून-ख़राबे के बाद आम हिन्दी फ़िल्मों की तरह अन्त में बिछड़े हुए मिलते हैं और कहानी का सुखद अन्त होता है।

नवीन निश्चल और हेलेन के साथ अजीत फ़िल्म धर्मा (1973)

रिलीज़ होने के पहले हफ़्ते में ही फ़िल्म सोनिक ओमी के संगीत निर्देशन तैयार की गयी क़व्वाली की वजह से लोकप्रिय होने लगी और सुपर हिट साबित हुई। फ़िल्म में प्राण का केन्द्रीय रोल है, फिर भी अजीत को भी अपना हुनर दिखाने का निर्देशक ने पूरा मौक़ा दिया है। अजीत ने इंस्पेक्टर की वर्दी तो पहनी, लेकिन कहानी की ज़रूरत के मुताबिक़ पठानी लिबास और सूट में भी नज़र आये। संवाद अदायगी का उनका अपने ख़ास लहज़ा रहा, पर उनके चेहरे के भाव बदलते रहे जो प्रभावित करने वाले हैं।

1972 में बनकर तैयार हुई और 1973 की शुरुआत में रिलीज़ हुई फ़िल्म 'धर्मा' के निर्देशक चाँद को पता नहीं क्यों लगा कि अजीत को पुलिस अधिकारी के रूप में पर्दे पर पेश किया जाये। शायद उन्हें अजीत के व्यक्तित्व में एक मजबूत इंस्पेक्टर नजर आया हो। अजीत के लिए यह रोल उनकी खलनयाक की बनती जा रही छवि से बिल्कुल अलग था।

अजीत ने वह रोल भी शायद इसीलिए स्वीकारा होगा कि एक तो उनका रोल फ़िल्म में बहुत महत्त्वपूर्ण और असरदार है और दूसरी वजह रही होगी कि इसमें अजीत को खलनायक के अलवा अभिनय के दूसरे रंग पेश करने का मौक़ा मिल रहा था। अजीत ने निर्देशक को उनके फ़ैसले पर निराश नहीं होने दिया। अजीत को अपने रोल के लिए सराहना ज़रूर मिली, लेकिन इस तरह के सहानुभूति वाले रोल उनके हाथ नहीं लगे। इसी साल अमिताभ बच्चन की एक फ़्लॉप फ़िल्म 'बँधे हाथ' में भी अजीत को कर्तव्यनिष्ठ पुलिस इंस्पेक्टर का रोल निभाने को मिला। अजीत का अभिनय असरदार रहा, लेकिन खलनायक अजीत का क़द इतना बड़े हो गया था कि फ़िल्म प्रोडयूसर-डायरेक्टर अजीत को बॉस का चोला पहने हुए खलनायक के रूप में ही पेश करना ज़्यादा सुरक्षित समझते रहे।

अजीत फ़िल्म प्रतिज्ञा (1975) में

अगले साल यानी 1974 में अजीत के कॅरियर को लेकर हैरानी में डालने वाली बात यह नज़र आती है कि इस साल उनकी छह फ़िल्में रिलीज़ हुई उनमें चार फ़िल्में 'पत्थर और पायल', 'चट्टान सिंह', 'मेरा वचन गीता की क़सम' और 'खोटे सिक्के' में उन्होंने डाकू का किरदार निभाया है। इन चारों में उनका सबसे दमदार अभिनय फ़िल्म 'पत्थर और पायल' में नज़र आता है। इसी साल की एक फ़िल्म 'पाप और पुण्य' रियासतों के षड्यन्त्री की कहानी पर आधारित है, जिसमें अजीत रियासत के राजा और अपने बड़े भाई के स्थान पर ख़ुद रियासत के राजा बनना चाहते हैं। फ़िल्म 'सूरज', 'धरती', 'पतंगा' और 'प्रिंस' की कहानियों की तरह ही इस फ़िल्म की भी कहानी है, इसलिए अजीत ने रोल भी उसी तरह का निभाया है।

अजीत की जो फ़िल्में आ रही थीं, उनमें उन्हें बॉस के रूप में बहुत पसन्द किया जा रहा था, हालाँकि क़रीब 10 फ़िल्मों में उन्होंने डाकू सरदार

की भूमिका भी निभाई, लेकिन वे अपनी कोई ख़ास छाप नहीं छोड़ सके। फिर भी उनकी लोकप्रियता इतनी बढ़ गयी थी कि ज़िन्दगी में पहली बार अजीत शिफ़्टों में काम करने को मजबूर हुए, क्योंकि फ़िल्मों के जितने प्रस्ताव उनकी झोली में गिर रहे थे, उन्हें शिफ़्टों में काम किये बिना निपटाना असम्भव हो गया था।

और फिर 1976 में एक फ़िल्म आयी 'कालीचरण'। 45 साल से ज़्यादा का समय हो गया इस फ़िल्म को रिलीज़ हुए, लेकिन इसका एक डायलॉग *"सारा शहर मुझे लॉयन के नाम से जानता है।"* आज तक दोहराया जा रहा है। ऐसी कम ही फ़िल्में हैं जो अपने गानों या कलाकारों के बजाय डायलॉग की वजह से याद की जाती हैं। और पर्दे पर यह डायलॉग बोला था अजीत ने।

फ़िल्म कालीचरण (1976) में अजीत

1976 में रिलीज़ हुई 'कालीचरण' की स्क्रिप्ट जब सुभाष घई ने अजीत को सुनाई तो अजीत को स्क्रिप्ट इतनी पसन्द आयी कि वे फ़ौरन काम करने के लिए राजी हो गये। सुभाष घई ने एक ख़ास मुलाक़ात में 'कालीचरण' में अजीत के चुनाव और उनसे पहली मुलाक़ात को इस तरह याद किया, "मैं डायरेक्शन के मामले में बिल्कुल नया था। अजीत साहब स्थापित और पुराने कलाकार थे। जब मैं उनके पास कहानी लेकर गया, तो बहुत नर्वस था, लेकिन वे बहुत प्रोफ़ेशनल कलाकार थे। उन्होंने आराम से कहानी सुनी। कहानी सुनाने के बाद मैंने उनसे झिझकते

हुए कहा कि सर मैं नया हूँ, किसी डायरेक्टर का असिस्टेंट भी नहीं रहा। पुणे फ़िल्म इस्टीट्यूट में तो एक्टिंग की पढ़ाई की, लेकिन फ़िल्म कैसे बनती है, इसमें भी दिलचस्पी लेता रहा। उसी के दम पर अपनी पहली फ़िल्म बनाने की हिम्मत कर रहा हूँ। आपकी मदद के बिना मैं सहज होकर काम नहीं कर पाऊँगा।" यह सुनकर अजीत साहब हँस दिये। उन्होंने मेरा हौसला बढ़ाते हुए कहा कि बर्खुरदार नये लोग हमेशा नये आइडिए के साथ आते हैं। फ़िल्मों के तेवर में बदलाव न आते रहें तो फ़िल्मी दुनिया ठहरे हुए पानी की तरह हो जायेगी। तुम पूरी लगन से बेफिक्र होकर फ़िल्म बनाओ। उनकी इस बात ने मुझे कितनी राहत पहुँचाई मैं बता नहीं सकता।"

सुभाष घई आगे बताते हैं कि "चूँकि इस फ़िल्म के ज़रिये शत्रुघ्न सिन्हा अपनी विलेन की इमेज तोड़ रहे थे, इसलिए मेरे मन में हल्का-सा डर था कि दर्शक शत्रु को हीरो के रूप में स्वीकार करेंगे या नहीं। इसके अलावा इस फ़िल्म की सफलता या असफलता पर मेरा भी कॅरियर टिका हुआ था। मैंने अजीत साहब से अनुरोध किया कि अपने लॉयन वाले कैरेक्टर में वे अपनी तरफ़ से भी कुछ ऐसा जोड़ें कि वे अधिक प्रभावशाली लगें। आपस में कई दौर की बातचीत के बाद अजीत साहब ने तय किया कि फ़िल्म का एक डायलॉग–*सारा शहर मुझे लॉयन के नाम से जानता है*–को फ़िल्म में वे कई बार दोहरायेंगे। फ़िल्म की शूटिंग के दौरान अपना शॉट देकर वे यह ज़रूर पूछते थे कि आपकी मर्ज़ी के मुताबिक़ शॉट हुआ या नहीं, कोई कमी लग रही हो तो फिर से टेक कर लेते हैं। मुझे हैरानी होती थी कि जो शख़्स 30 साल से फ़िल्मों में काम कर रहा हो, वह निर्देशक पर कितना भरोसा कर रहा है जबकि उसे मालूम है कि निर्देशक नौसिखिया है। फ़िल्म में शत्रुघ्न सिन्हा का स्टाइल ही लाउड होकर बोलने का था, प्रेमनाथ साहब को भी ज़्यादातर स्थान पर जोश या ग़ुस्से में लाउड होकर बोलना था, जबकि अजीत साहब को अतिरिक्त सुकून और सहजता से डायलॉग बोलने थे। कभी-कभी वे मुझसे यह ज़रूर पूछते थे कि बर्खुरदार मेरा रोल कुछ दब तो नहीं रहा है, मैं उन्हें विश्वास दिलाता कि ऐसा बिल्कुल नहीं है। जब उन्होंने चर्चित डायलॉग *"सारा शहर मुझे लॉयन के नाम से जानता है"* बोला तो उनका लॉयन का उच्चारण मुझे ठीक नहीं लगा। मैंने कई बार उसकी रिहर्सल करायी और आख़िर में अजीत साहब ने कहा कि कहाँ बूढ़े तोते को पढ़ा रहे हो? भई हम जैसे बोलते हैं, वैसे ही बोल पायेंगे।

"'कालीचरण' के प्रदर्शन के बाद फ़िल्म का लॉयन वाला डायलॉगों भारतीय सिनेमा के सबसे चर्चित डायलॉग में से एक बन गया।"

'कालीचरण' में अजीत ने शहर के रोबदार और सम्मानित समाजसेवी तथा बिज़नेसमैन दीनदयाल का रोल अदा किया है, लेकिन दीनदयाल के चेहरे पर ईमानदारी और समाजसेवा का मुखौटा लगा है। असलियत यह है कि वह अपराध की दुनिया का बादशाह है। उसे इस बात पर काफ़ी नाज़ है कि सारा शहर उसे 'लॉयन' के नाम से जानता है। कालाबाज़ारी और तस्करी को वह इतने शातिर तरीक़े से अंजाम देता आ रहा है कि इसकी भनक उसके गहरे दोस्त आई.जी. खन्ना यानी प्रेमनाथ को भी नहीं है। आई.जी. खन्ना शहर में हो रहे ग़ैरक़ानूनी धन्धों को लेकर चिन्तित है। वे एक ईमानदार और निडर पुलिस इंस्पेक्टर प्रभाकर (शत्रुघ्न सिन्हा) को हालात से निपटने की कमान देते हैं। तहकीकात के दौरान प्रभाकर को पता चल जाता है कि दीनदयाल समाज के लिए ख़तरनाक मुजरिम है, लेकिन दीनदयाल के आदमी प्रभाकर को मार देते हैं। मरने से पहले प्रभाकर पुलिस के लिए बहुत अहम सुराग छोड़ जाता है, लेकिन किसी की समझ में नहीं आता कि सुराग क्या बता रहा है?

प्रभाकर के मरने पर इत्तेफ़ाक़ से आई.जी. खन्ना को पता चलता है कि प्रभाकर का एक हमशक्ल 'कालीचरण', जिसने अपने बहन के बलात्कारियों की हत्या कर दी थी जेल में है। आई.जी. खन्ना के दिमाग़ में एक योजना आती है, वे प्रभाकर का अन्तिम संस्कार गोपनीय तरीक़े से करा देते हैं, ताकि किसी को पता न चल सके कि प्रभाकर मर चुका है। फिर आई.जी. खन्ना 'कालीचरण' को जेल से रिहा कराकर और प्रभाकर बनाकर अपराधियों के गिरोह का भण्डाफोड़ करना चाहते हैं। कई भावनात्मक उतार-चढ़ाव के बाद बेहद अड़ियल और ग़ुस्से वाले प्रभाकर का हमशक्ल 'कालीचरण' इंस्पेक्टर प्रभाकर बनकर दीनदयाल को क़ानून के हवाले कराता है।

सुभाष घई फ़िल्मों में आये तो थे हीरो बनने पर कुछ फ़िल्मों में काम करने के बाद उन्हें अहसास हो गया कि अदाकारी करने से बेहतर है कि वे कहानी लिखें। उनकी लिखी हुई कहानियों पर फ़िल्में भी बनीं। 'कालीचरण' की कहानी एन.एन. सिप्पी को सुनाई तो उन्होंने कहा कि जिस प्रभावशाली ढंग से तुमने कहानी सुनायी है तो तुम ही इस पर बेहतर फ़िल्म बना सकते हो।

सिप्पी फ़िल्म प्रोड्यूस करने को तैयार हुए तो झिझकते हुए सुभाष घई ने अपनी ही कहानी पर निर्देशन करने की शुरुआत कर दी। निर्देशन पर पूरा ध्यान देने के लिए उन्होंने स्क्रिप्ट में लेखक राम केलकर और जैनेन्द्र जैन का सहयोग लिया।

फ़िल्म कालीचरण (1976) में अजीत

मज़बूत पटकथा, धारदार संवाद और संवादों की प्रभावशाली अदायगी ने 'कालीचरण' को सुपर हिट बना दिया। हीरो की हैसियत से शत्रुघ्न सिन्हा की उनके जीवन की यह सबसे अहम फ़िल्म थी। वे आक्रामकता से ऊँची आवाज़ में संवाद बोलने के लिए जाने गये। अधिकांश फ़िल्मों में शत्रुघ्न सिन्हा ग़ैरज़रूरी तौर पर उँची आवाज़ में बोलते नज़र आयेंगे, लेकिन 'कालीचरण' का पात्र ही उनके बोलने के अन्दाज़ के मुताबिक़ गढ़ा गया इसीलिए इसमें वे स्वभाविक नज़र आये हैं, फिर भी पूरी फ़िल्म का केन्द्रीय पात्र अजीत हैं। उनकी ख़ौफ़नाक आँखें, बेपरवाही से बोले गये उनके डायलॉगों ने दर्शकों से खचाखच भरे सिनेमा हॉल को तालियों की आवाज़ से गुँजवा दिया। *"सारा शहर मुझे लॉयन के नाम से जानता है"* या *"मछलियाँ पानी के बिना कैसे तड़प रही हैं।"* सामान्य से वाक्य हैं, जिन्हें अजीत ने इतना ख़ास बना दिया कि बरसों से उनकी चर्चा हो रही है।

'कालीचरण' की अपार सफलता के बाद अजीत फिर ऐसे ही रोल करने के लिए मजबूर हो गये। एक ही तरह के रोल को दर्जनों फ़िल्मों में उन्होंने निभाया।

एक ही छवि को बार-बार दोहराते हुए किसी भी अदाकार को उकताहट होने लगती है। अजीत जानते थे कि उन्हें विलेन के ही रोल मिलेंगे। चरित्र अभिनेता के रोल के लिए ज़िद करके वे अपने करियर का रिस्क नहीं लेना चाह रहे थे, लेकिन साल 1979 आयी फ़िल्म 'मिस्टर नटवर लाल' से उन्हें अपना खलनायकी का चोला बदलने का फिर मौक़ा मिला। इस फ़िल्म में उन्होंने पुलिस अधिकारी का रोल निभाया जो कि ख़ासा दिलचस्प है। 'ज़ंजीर', 'यादों की बारात', 'छुपा रुस्तम' और 'जुगनू' के अपने दमदार रोल के आगे 'मिस्टर नटवर लाल' के सकारात्मक रोल के लिए एक बार फिर अजीत की कोई ख़ास चर्चा नहीं हो सकी।

अजीत कहते थे कि उन्हें प्राण से बहुत ईर्ष्या होती है, क्योंकि प्राण ने खलनायक से हटकर चरित्र भूमिकाएँ निभायीं तो उन्हें 'शहीद', 'उपकार', 'ज़ंजीर' और 'डान' जैसी सुपर हिट फ़िल्मों में ऐसे रोल मिले जो उनकी ज़िन्दगी के यादगार रोल साबित हुए, लेकिन उन्हें लेकर फ़िल्म निर्माता-निर्देशक ऐसा रिस्क उठाने को तैयार नहीं हुए। उनकी बात के पीछे जो वजह समझ में आती है, वो यह कि अजीत जब खलनायकी के स्व र्णिम दौर से गुज़र रहे थे तब उन जैसे किरदार निभाने के लिए उनके रोबदार व्यक्तित्व के विकल्प के रूप में प्रेमनाथ के अलावा और कोई नहीं था। प्रेम चोपड़ा और रंजीत को अजीत के सहायक के रूप में पेश किया जाता था। अमरीश पुरी, गुलशन ग्रोवर के अलावा ऐसे हौलनाक खलनायकों की आमद फ़िल्मी पर्दे पर नहीं हुई थी जैसे कि राम गोपाल वर्मा ने अपनी फ़िल्मों में पेश करना शुरू किये।

वितरकों के जरिये प्रोड्यूसर डायरेक्टर और मीडिया तक यही बात घूम रही थी कि दर्शक चाहते हैं कि अजीत को खलनायक के रूप में ही पेश किया जाये। इस बीच उनकी फ़िल्में उनकी बनी बनायी छवि को और मज़बूत करती जा रही थीं। फिर अजीत ने सोचा कि पर्दे पर अपनी तयशुदा खलनायक की छवि में अलग रंग डालने की कोशिश की जाये। निर्देशक अशोक रॉय ने उन्हें फ़िल्म 'हीरा लाल पन्ना लाल' में यह मौक़ा दे भी दिया। अजीत ने फ़िल्म 'हीरा लाल पन्ना लाल' में अपनी बॉस वाली छवि को नया रूप देने में काफ़ी मेहनत की। इस फ़िल्म में उन्होंने एक बेकरी वाले की भूमिका निभायी जो अजीब-से कपड़े पहनता है। सिर पर गोल टोपी लगाता है

और डबलरोटियों के सहारे सोने की स्मगलिंग करता है। अजीत ने इस फ़िल्म में बोलने का ख़ास अन्दाज़ पेश किया। दरअसल, उन्होंने पुराने दौर के फ़िल्म प्रोड्यूसर तोला राम जालान के बोलने के ढंग की नकल की थी।

अजीत के मित्र और फ़िल्मकार लेख टण्डन का मानना था कि 'हीरा लाल पन्ना लाल' के बाद क्राइम और एक्शन बनाने वाले डायरेक्टरों ने कोशिश की होती तो अजीत की खलनायकी के और अन्दाज़ भी देखने को मिल सकते थे, लेकिन 90 के दशक तक बालीवुड में रिस्क लेने या नये प्रयोग करने की हिम्मत रखने वाले फ़िल्मकार न के बराबर थे। अजीत हीरा लाल पन्ना लाल के रोल को अपनी ज़िन्दगी के श्रेष्ठ रोल में से एक मानते थे, लेकिन उनका दुर्भाग्य था कि 'ज़ंजीर' के तेजा और 'कालीचरण' के लॉयन का क़द इतना बड़ा हो चुका था कि आगे के पूरे करियर में इन दो किरदारों की छवि के साये में ही उन्हें काम करना पड़ा। उनका रोल लिखे जाते समय निर्देशक ध्यान रखता था कि अजीत के किरदार को बेहद शातिर दिखाना है। इसके लिए अजीत को एक से बढ़कर एक चाल चलते हुए दिखाया जाता था। कभी हार न मानने वाला आत्मविश्वास, हर ओर से फँस जाने पर विदेश भागने की तैयारी, गुर्गों का पूरा गिरोह और उत्तेजक अदाओं वाली एक सहायिका, हीरो को बेबस बनाने के लिए उसकी माँ या प्रेमिका को अगवा कर बन्दी बना लेना और हीरो की जीती हुई बाज़ी को अपने हाथ में कर लेना जैसे कई नुस्ख़े हमेशा अजीत के हाथ में दिखाए जाते थे।

अजीत के अभिनय का एक ख़ास पहलू यह भी रहा कि अपने कॅरियर में ख़तरनाक से ख़तरनाक शॉट उन्होंने ख़ुद दिये। कभी डुप्लीकेट का इस्तेमाल नहीं किया। हालाँकि इस हौसले की वजह से वो बुरी तरह ज़ख़्मी होते और यहाँ तक कि मरते-मरते भी बचे। 'आनन्दमठ' की शूटिंग के दौरान एक दृश्य में अजीत को तोप के सामने खड़ा होना था। एक निर्धारित संकेत मिलने पर तोपची को गोला दागना था और उसी समय अजीत को सामने से हट जाना था लेकिन संकेत देने में कहीं चूक हो गयी। तोप का गोला जब अजीत के पास पहुँचा, तो वे पूरी तरह हट नहीं पाये थे। हालाँकि तोप में असली गोला नहीं था, फिर भी अजीत को काफ़ी चोटें आयीं। फ़िल्म तीरन्दाज़ की शूटिंग के दौरान अजीत मनोरी आईलैंड पर तेज़ रफ़्तार घोड़े से ऐसे गिरे कि घण्टों बेहोश पड़े रहे।

फ़िल्म 'धरती' के एक दृश्य में अजीत को कुर्सी पर बैठाना था और उनके पैरों के पास शेर को बैठना था। शूटिंग के दौरान एक शेर का मुँह बाँध कर उसे अजीत के पैरों के पास बिठा दिया गया। हालाँकि किसी इन्सान के टुकड़े कर देने के लिए उसके पंजे ही काफ़ी होते हैं। वैसे अजीत को अच्छी तरह पता था कि अगर शेर के पास कोई स्थिर रहे तो वो ज़्यादा नुक़सान नहीं पहुँचाता, लेकिन ज़्यादा हिलने-डुलने पर हमला बोल देता है। शॉट के दौरान शेर से ध्यान हटाकर अजीत ने डायलॉग बोलने शुरू किये। इस दौरान स्वाभाविक रूप से उनके हाथ-पैर हिलने लगे और अचानक उनके पैरों में बैठे शेर ने उन पर हमला कर दिया, लेकिन इससे पहले कि उन्हें ज़्यादा नुकसान पहुँचता, शेर को काबू करने के लिए लोग पहुँच गये।

'धरती' की शूटिंग के दौरान ही एक सीन में अजीत को शेर से लड़ना था। अजीत ने मज़ाक़ में डायरेक्ट से ये भी कहा कि मेरा आप से कांट्रेक्ट इन्सानों के साथ काम करने का है। ख़ूँखार दरिन्दों के साथ काम करने के लिए नहीं। अजीत एक शिकारी रह चुके थे, इसलिए जानवरों को लेकर उनके मन में कोई ख़ौफ नहीं था। वह सीन करने में अजीत को तो कोई मुश्किल नहीं हुई, लेकिन पूरे सीन के दौरान सेट पर मौजूद लोगों की साँसें थमी रहीं। पूरी फ़िल्म की यूनिट अजीत की दिलेरी पर हक्की-बक्की रह गयी, लेकिन सबसे अनोखा रवैया बलराज साहनी का रहा। वे भी इस फ़िल्म का हिस्सा होने की वजह से सेट पर मौजूद थे। उन्होंने अजीत के पास आकर बहुत सर्द लहजे में कहा कि ऐसी खोखली बहादुरी दिखाने से क्या फ़ायदा।

फ़िल्म 'यादों की बारात' में दूसरी बार शूटिंग के दौरान मौत अजीत से कतरा कर गुज़र गयी। इस फ़िल्म के क्लाइमैक्स में अजीत को रेलवे ट्रैक के पास से भागना होता है। उनका पैर ट्रैक के बीच फँस जाता है। उसी समय सामने से तेज़ रफ़्तार ट्रेन आ रही होती है। नासिर हुसैन और फ़िल्म के फ़ाइट डायरेक्टर शेट्टी इस शॉट के लिए अजीत के डुप्लीकेट का इस्तेमाल करना चाहते थे। इसके बाद का शॉट था कि ट्रैक में फँसे अजीत के ऊपर से ट्रेन गुज़र जाती है। इसके अनुसार अजीत को ट्रेन के क़रीब आते ही ट्रैक से हट जाना था। अजीत ने आग्रह किया कि वह शॉट वे ख़ुद ही करेंगे। कैमरों को तय जगह रख दिया गया। ट्रैक का क्लोज़ शॉट लेने के लिए एक कैमरा ट्रेन में भी रखा गया।

अजीत सीन देने के लिए तैयार हुए ट्रेन उनकी ओर तेज़ी से बढ़ रही थी। शॉट को बिल्कुल असली रंग देने के लिए अजीत ट्रेन का अपने बहुत क़रीब आने का इन्तज़ार करने लगे। उन्हें ऐसा करते देख नासिर ख़ान और सारी यूनिट के लोग ज़ोर-ज़ोर से चिल्लाने लगे कि अजीत ट्रैक से हट जायें लेकिन अजीत अपनी जगह से नहीं हिले। ट्रेन के उनके बिल्कुल पास आने से कुछ सेकेंड पहले अजीत एक ओर कूद गये। दूर खड़े नासिर ख़ाँ ने अपनी आँखें बन्द कर लीं। उन्होंने सोचा, अजीत ट्रेन के नीचे आ गये हैं। नासिर जहाँ पर खड़े थे, वहाँ से वे सिर्फ़ ट्रेन को गुज़रते देख सकते थे, न कि अजीत को। तब तक फ़ाइट डायरेक्टर शेट्टी ने नासिर को बताया कि अजीत सुरक्षित हैं। कपड़ों से धूल झाड़ते हुए अजीत नासिर के पास पहुँचे और पूछा कि शॉट कैसा था? नासिर के बोलने से पहले ही शेट्टी ने उनसे कहा अजीत साब, ऐसा नहीं करना चाहिए था आपको, लेकिन नासिर ख़ान अजीत पर फट पड़े। देर तक उनके दुस्साहस पर डाँटने के बाद उन्होंने नरम पड़ते हुए कहा कि अगर उन्हें कुछ हो जाता, तो वे उनकी पत्नी को क्या मुँह दिखाते?

इस पूर मामले में सबसे अहम बात यह हुई कि ट्रेन में रखे कैमरे ने इस शॉट को नहीं लिया क्योंकि कैमरामैन अजीत के दुस्साहस को देखकर इतना घबरा गया कि वे कैमरा स्टार्ट ही नहीं कर पाया और ट्रेन तय जगह से आगे निकल गयी। बदक़िस्मती से अजीत की दिलेरी परदे का मुँह नहीं देख सकी। अजीत को इस बात का पता चला तो वे बहुत मायूस हुए, लेकिन जो होना था वे हो चुका था।

बहुत-से दिलेरी भरे सीन ख़ुद करने वाले अजीत एक बार मामूली-सा शॉट देते हुए ऐसे ज़ख़्मी हुए कि ज़रा-सी चूक हो जाती तो आँख की रोशनी चली जाती। खलनायक रह चुके रंजीत बताते हैं कि फ़िल्म 'खोटे सिक्के' की शूटिंग के दौरान एक शॉट में फ़िरोज़ ख़ान को ज़मीन पर पड़े अजीत को ठोकर मारनी थी। एक्शन कहते ही फ़रोज़ ख़ान या अजीत में से किसी एक की टाइमिंग गड़बड़ा गयी और फ़िरोज़ ख़ान की ठोकर अजीत की ठीक आँख के ऊपर लगी। शूटिंग रुक गयी। फ़िरोज़ ख़ान ने हाथ मलते हुए कहा कि "हामिद भाई, सॉरी।" फ़िरोज़ ख़ान ने हमेशा अजीत को 'हामिद भाई' कहकर ही बुलाया। अजीत कराहते हुए खड़े हो गये। कुछ घण्टों के बाद शॉट दोबारा लिया गया, लेकिन वे दिन ही ख़राब था।

उसी शॉट में अजीत को ठीक उसी स्थान पर फिर फ़िरोज़ ख़ान की ठोकर लगी। इस बार माथे से ख़ून बहने लगा। रंजीत के मुताबिक़, उन्होंने दर्द बर्दाश्त करने वाला ऐसा इन्सान नहीं देखा। सेट पर थोड़ी देर आराम करने के बाद अजीत शूटिंग के लिए फिर तैयार हो गये।

खलनायक की प्रतिभा के निखार में नायक का व्यक्तित्व भी बहुत महत्त्वपूर्ण भूमिका निभाता है। इसी कारण अभिनेता धर्मेन्द्र के साथ अजीत के निभाये किरदार काफ़ी प्रभावी रहे। उन्होंने धर्मेन्द्र के साथ 'जीवन मृत्यु, 'आदमी और इन्सान', 'पत्थर और पायल', 'यादो की बारात', 'जुगनू', 'प्रतिज्ञा', 'चरस', 'आजाद', 'राम बलराम', 'रजिया सुल्तान' और 'राज तिलक' सहित एक दर्जन से अधिक फ़िल्मों में काम किया। धर्मेन्द्र अजीत को 'बड़े भाई' कहकर बुलाते थे, जबकि अजीत उन्हें छोटे कहकर बुलाते थे। धर्मेन्द्र जो ख़ुद भी शायरी करते रहे हैं, जिसे वे दूसरों को सुनाने में हिचकते थे, लेकिन उनके बड़े भाई अजीत उनकी शायरी सुनकर उस पर उन्हें राय देते रहते थे।

धर्मेन्द्र बताते हैं कि अजीत के पास कमाल का हास्य बोध था। एक फ़िल्म की शूटिंग के दौरान दूर-दराज के इलाक़े में दिन भर फ़ाइट सीन देने के बाद रात में अजीत और धर्मेन्द्र थकान से चूर होकर कमरे में पहुँचे। वहाँ एक मात्र उपलब्ध सस्ते-से होटल के एक ही कमरे में दोनों को टिकाया गया था। बेहद गर्मी और थकान की वजह से दोनों की हिम्मत खाना खाने की भी नहीं हुई। अभी वे दोनों बिस्तर पर लेटे ही थे कि बिजली चली गयी। दोनों का दिमाग़ भन्ना गया, लेकिन कोई कुछ कर भी नहीं सकता था। थोड़ी देर बाद अन्धेरे में अजीत की आवाज़ गूँजी "छोटे", धर्मेन्द्र ने कहा, "जी भाई।"

धर्मेंद्र के साथ अजीत फ़िल्म जुगनू (1973) में

अजीत ने पूछा, "क्या इसी दिन के लिए हम लोग फ़िल्मों में आये थे।" इसके बाद देर तक धर्मेन्द्र की हँसी नहीं रुक सकी।

खलनायक रंजीत हमेशा अजीत से बहुत इज़्ज़त से पेश आते थे। एक बार वे दोनों रंजीत के घर ताश खेल रहे थे। इसी दौरान रंजीत की विदेशी महिला दोस्त वहाँ आ गयी। रंजीत थोड़ा हड़बड़ा गये। उन्हें सामान्य करने की नीयत से अजीत ताश के पत्तों पर आँखें जमाये रहे। रंजीत ने अपनी दोस्त को अलग ले जाकर कुछ कहा। वह वहाँ से चली गयी। फिर रंजीत वापस ताश की बाज़ी जमाने अजीत के पास लौट आये। अजीत ने रंजीत से पूछा, "बरखुर्दार यह लड़की कौन थी?" रंजीत ने बताया कि "वह उनकी दोस्त है।" ताश के पत्ते फेंटते हुए अजीत ने कहा, "तुम फौरन से इस लड़की से शादी कर लो।" रंजीत ने मुस्कुराते हुए पूछा, "क्यों सर?" अजीत ने कहा, "अरे, इतनी गोरी-चिट्टी बीवी होगी तो सोचो बच्चे कितने ख़ूबसूरत पैदा होंगे।"

अजीत के व्यवहार को याद करते हुए रंजीत बताते हैं कि उन्होंने फ़िल्मी दुनिया में ही नहीं, अपने पूरे जीवन में अजीत साहब जैसे शानदार इन्सान कम ही देखे। रंजित कहते हैं, "अजीत साहब काफ़ी सीनियर थे, इसलिए उनसे तमीज़ से पेश आना स्वाभाविक था। बावजूद इसके कि उनका सेंस ऑफ़ ह्यूमर बहुत शानादार था और वे ख़ूब मज़ाक़ किया करते थे लेकिन हम दोनों के बीच आख़िर तक लिहाज़ का पर्दा क़ायम रहा। चूँकि अजीत साहब छोटा हो या बड़ा सबसे इज़्ज़त के साथ पेश आते थे, इसलिए दूसरों से भी इज़्जत की उम्मीद रखते थे। बड़ों की इज़्ज़त करना तो हमें बचपन से सिखाया गया था और मुझे जो संस्कार मिले हैं, उन्हें मैंने कभी नहीं भुलाया। शायद यही वजह थी कि मेरे ऊपर हमेशा उनका स्नेह बना रहा। वे मेरे ख़र्चों और आमदनी को लेकर मुझे टोकते रहते थे। मुझसे वे कहा करते थे कि हमेश फ़िज़ूलख़र्ची से बचा करो और अपनी कमाई ज़मीन-जायदाद में इनवेस्ट करो। उन्होंने कई बार मुझसे कहा कि अगर तुम कहो तो हैदराबाद में फार्म हाउस दिलवा दूँ। मैंने उन्हें हमेशा एक अभिभावक के रूप में पाया।"

अजीत सिर्फ़ मज़ाक़ करना ही नहीं जानते थे, बल्कि दूसरों के मज़ाक़ को इंज्वाय भी करते थे। दूसरों के व्यंग्य और कटाक्ष को भी सहजता से लेते थे।

फ़िल्म 'कालीचरण' में दीनदयाल उर्फ़ लॉयन के ड्राइंगरूम की दीवार पर प्रमुखता से एक आदमक़द तस्वीर नज़र आती है। दरअसल, वह तस्वीर फ़िल्म 'धरती' की शूटिंग के दौरान खींची गयी थी। 'कालीचरण' में लॉयन की भव्यता को दर्शाने के लिए सुभाष घई ने अजीत से तस्वीर लेकर उसे आदमक़द साइज़ में एनलार्ज कराया और फिर फ्रेम कराकर लॉयन के ड्राइंगरूम की दीवार पर लगवा दिया। इस तस्वीर में अजीत को एक शेर के पास खड़े हुए देखा जा सकता है। फ़िल्म की शूटिंग पूरी होने के बाद अजीत ने सुभाष घई से फ्रेम सहित वह तस्वीर माँग ली और अपने ड्राइंगरूम में लगा दी। उस दिन दोपहर बाद जब अजीत के बेटे शाहिद अली कॉलेज से लौटे तो ड्राइंगरूम में वह तस्वीर देखकर चौंक गये। उनके दिमाग़ पहला ख़याल यह आया कि उनके दोस्त जब आयेंगे तो इतनी बड़ी तस्वीर देखकर उनका बड़ा मज़ाक़ उड़ायेंगे, क्योंकि इतनी बड़ी तस्वीर घर में कौन लगाता है? शाहिद ने अजीत से कहा कि "डैडी, क्या यह तस्वीर थोड़ी छोटी नहीं हो सकती।" अजीत ने पूछा क्या हुआ, "बर्खुरदार, तुम छोटी तस्वीर क्यों चाहते हो?" शाहिद ने फौरन कहा, "इतनी बड़ी तस्वीर पर फूल-माला चढ़ाने में दिक़्क़त आयेगी।" बात ख़त्म होते ही शाहिद को अहसास हुआ कि उन्होंने यह क्या कह दिया, लेकिन तब तक अजीत ने क़हक़हा लगाते हुए शाहिद को अपने पास खींच लिया।

अजीत ने फ़िल्मी दुनिया में लम्बा अर्सा गुज़ारा। पचासों लोगों के सम्पर्क में रहे, जिनमें से कुछ से वे बहुत प्रभावित हुए। उर्दू पत्रिका 'शमा' में अक्सर उनके संस्मरण आया करते थे। जिनमें उन्होंने कई लोगों को बहुत प्यार और श्रद्धा से याद किया। फरवरी 1976 के अंक में *"ज़मीं खा गयी आसमाँ कैसे-कैसे"* शीर्षक और जनवरी 1985 के अंक *"वो भी क्या दिन थे"* शीर्षक से छपे उनके लेखों में उन्होंने अपने समय की कई फ़िल्मी हस्तियों को बहुत बेबाक़ी और श्रद्धा से याद किया है।

'नये साल के मौक़े पर नये अहद किये जाते हैं। नयी उमंगों से दिल सरकार होते हैं। नये दिल नयी उम्मीद में अरमान धमक के साथ सात रंगों की तरह सारे वजूद पर छा जाते हैं। ख़ूब जश्न मनाया जाता है।

बहुत धूम मचाई जाती है। ऐसे में मेरी बातें कुछ लोगों को शायद बेवक़्त का राग लगे। मगर मैं अपने मिज़ाज से मजबूर हूँ। ख़ुशी के लम्हों में बीते दिनों की यादें मुझे और भी ज़्यादा शिद्दत से आ घेरती हैं। आमतौर पर बिछड़े हुए साथियों, अज़ीज़ों और दोस्तों को अतीत की कहानी समझ लिया जाता है, लेकिन मैं अतीत से अपना रिश्ता नहीं तोड़ सकता।

गुज़रे हुए जमाने की ख़ुशबू का झोंका बार-बार मेरे दिल के आँगन में फर्राटे भरता रहता है। ख़ुशी के मौक़े पर ग़म की बातें मुझ जैसे दीवाने ही कर सकते हैं। भला समझदार लोगों को इसकी क्या ज़रूरत थी कि वे सोये हुए साथियों की यादों में गुम होकर अपने ख़ुशी भरे लमहों को बोझिल बनाये, लेकिन इस पूरी तहरीर से आप यह नतीजा न निकाल बैठे कि मैं मुर्दा परस्त हूँ। मैं तो इन्सानियत का चाहने वाला हूँ। फिर भी इस दुनिया में यानी फ़िल्म इंडस्ट्री में जहाँ अपने से ज़्यादा क़ामयाब इन्सानों की ज़ोर-शोर के साथ सिर्फ़ इसलिए प्रशंसा की जाती है कि उसके जरिये बड़े और ज़्यादा अच्छे मौक़े हासिल हों, मैं इन साथियों को भुलाकर जो इस दुनिया की रंगीनियों में बुरी तरह खोए हुए हैं, इस वक़्त उन साथियों का ज़िक्र कर रहा हूँ, जिन्हें हमने हमेशा के लिए खो दिया, जो हमसे बिछड़ गये।

महबूब

एक बार मैंने एक फ़िल्मी की कहानी लिखी, शीर्षक था 'पगला'। यह कहानी मैंने एक साहब को सुनाई तो उन्होंने होशियारी यह दिखाई कि उसे महबूब साहब के हाथ बेच आये। मुझे मालूम हुआ तो मैंने महबूब साहब के पास जाकर शिकायत दर्ज़ की तो उन्होंने झट-से जवाब दिया, तो बिगड़ा क्या है, ले जाओ और तुम ही फ़िल्म बना लो, लेकिन बदक़िस्मती यह रही कि उस कहानी पर बनने वाली फ़िल्म पूरी नहीं हो सकी, लेकिन उस घटना से महबूब का बड़प्पन ज़रूर झलकता है।

पृथ्वीराज कपूर

पृथ्वीराज जी से मेरी पहली मुलाक़ात 1943 में हुई थी। फ़िल्मों में आने से पहले पृथ्वीराज जी हमेशा मेरे आइडियल बने रहे थे। मैंने कॉलेज के जमाने में उनको सिकन्दर के रूप में देखा था। जब मैं मुम्बई पहुँचा तो दूसरे

या तीसरे दिन पृथ्वीराज जी के घर गया। आज तक वह सीन मेरे ज़हन में महफ़ूज है। मैं सीढ़ियों के नीचे खड़ा था और वो उधड़े बदन शायद नहाने के लिए जा रहे थे। मैंने कहा, "हुजूर, मैं बहुत दूर से आपसे मिलने आया हूँ। आपका प्रशंसक हूँ।" पापा जी ने बड़े स्नेह और तपाक से कहा, "आइए-आइए।" फिर वह मुझे कमरे में ले गये, बैठाया और पूछा कि किस सिलसिले में मुम्बई आना हुआ। मैंने अपना मुद्दा बयान किया तो सुनने के बाद उन्होंने बहुत-से फ़िल्मकारों के नाम बताये और कहने लगे, "बेटा, इनसे जाकर मिलना, मेरा नाम लेना और कहना कि कोई काम तुम्हारे लायक हो तो ज़रूर दें।"

इसके बाद मुझे नसीहत दी, "बेटा मुझे ऐसा महसूस होता है कि तुम अच्छे घर के नौजवान हो। अगर हो सके तो वापस चले जाओ। शायद यहाँ की तकलीफ़ें तुम बर्दाश्त नहीं कर सकोगे।" मैंने कहा, "हुजूर, मैं तो सिर हथेली पर लेकर निकला हूँ।" इस पर कहने लगे, "ख़ुदा तुम को क़ामयाब करे। मगर मेरी एक बात का ख़याल ज़रूर रखना कभी घबरा कर, परेशान होकर बुरी सोहबत में पड़कर अपने आपको ख़राब और बर्बाद न करना। अगर तुम सही रास्ते पर रहे तो यक़ीनन क़ामयाब रहोगे।" पृथ्वीराज जी के गिनाये हुए प्रोड्यूसरों ने तो मुझे काम नहीं दिया, लेकिन पापा जी ने मुझे जो कुछ दिया, वह मैं आज तक नहीं भूल सका हूँ। मैं अपने आपको बड़ा ख़ुशनसीब तसव्वुर करता हूँ कम-से-कम एक फ़िल्म में तो उनके साथ काम करने का शरफ़ हासिल हुआ। फ़िल्म थी 'मुग़ल-ए-आज़म'।

पापा जी को काम करने का शौक़ जुनून की हद तक था। 'मुग़ल-ए-आज़म' का पहला मंज़र शायद आपको याद होगा, जिसमें अकबर नंगे पाँव चलकर सलीम चिश्ती की दरगाह पर जाता है और औलाद के लिए दुआ माँगता है। इस सीन को फ़िल्माया जा रहा था। पापा जी ने आसिफ़ साहब से कहा कि यार, यह रेत बहुत गर्म है। आसिफ़ साहब ने जवाब दिया। दीवान साहब रेत वाक़ई बहुत गर्म है, लेकिन आप उस पर चलेंगे यानी आपका एक पाँव रेत पर होगा दूसरा उससे ऊपर, लेकिन मैं उस वक़्त तक इस रेत पर दोनों पैरों पर खड़ा रहूँगा, जब तक शूटिंग मुकम्मल नहीं हो जाती।" पृथ्वीराज जी यह सुनकर मुस्कुराये और "बोले नहीं बेटा मेरे पाँव जलने दो तुम्हारे पाँव क्यों जलें?"

पृथ्वीराज जी हमेशा ग़रीबों और मोहताजों की मदद किया करते थे। न जाने उनके घर से हर महीने कितने घरों को मनीऑर्डर जाते थे, लेकिन पापा जी उन लोगों में से थे जो दायें हाथ से किसी की मदद करते तो बायें हाथ को इसकी ख़बर नहीं होने देते थे। शायद इसीलिए फ़िल्मी दुनिया की तारीख़ में यह पहला मौक़ा था, जब पापा जी का जनाज़ा उठा तो हर मजहब के पवित्र ग्रन्थ पढ़े जा रहे थे। हिन्दुस्तानी फ़िल्म इंडस्ट्री में बहुत-से फनकार आये थे, आये हैं और आयेंगे, लेकिन फ़िल्मी दुनिया का 'सिकन्दर' अब कहाँ से आयेगा।

मधुबाला

1949 में मुझे अमरनाथ जी की फ़िल्म 'बेकसूर' के लिए हीरो चुना गया। मधुबाला उस फ़िल्म की हीरोइन थीं। मधु निहायत ख़ूबसूरत लड़की थी और पहली नज़र में देखने के बाद मालूम होता था किसी अच्छे घराने की घरेलू लड़की है जो न जाने इस युद्ध स्थल में कैसे आ फँसी? फ़िल्म 'बेक़सूर' काफ़ी क़ामयाब हुई। इसके बाद हम दोनों ने कई फ़िल्मों में काम किया। मेरे साथ उसकी आख़िरी फ़िल्म 'मुग़ले आज़म' थी। 'मुग़ले आज़म' इतने लम्बे समय में बनी कि इस दौरान मधुबाला की ज़िन्दगी में कई उतार चढ़ाव आ चुके थे। वो इश्क़ में बुरी तरह गिरफ़्तार हुई, लेकिन मजबूरन उसे अपनी मोहब्बत का गला घोंटना पड़ा। उसकी शादी उसके महबूब से (नाम आप जानते ही हैं) ज़रूर हो जाती, लेकिन शायद उसके घर वाले सोने का अण्डा देने वाली मुर्ग़ी को छोड़ना नहीं चाहते थे। इस दौरान 'नया दौर' शुरू हुई। उस समय तक मधु की हालत ख़राब हो गयी थी। उसे यह फ़िल्म छोड़नी पड़ी।

इन हंगामों के दौरान एक दिन मेकअप रूम में मिल गयी। और मेरे कन्धे पर सिर रखकर फूट-फूटकर रोने लगी। मुझे दोनों तरफ़ के हालात पता थे। मैंने उसकी कहानी सुनने के बाद उसे दिलासा दिया और उसकी हिम्मत बँधाई, लेकिन इस हादसे के बाद मुझे ऐसा महसूस हुआ कि यह कमज़ोर लड़की दुनिया और दुनियावालों के बख़्शे हुए ज़ुल्म बर्दाश्त नहीं कर सकेगी। वह मुहब्बत की बाज़ी हारने के बाद अन्दर-ही-अन्दर बिखर कर रह गयी थी। इस वाक़ये के बाद भी मेरी मधु से अक्सर मुलाक़ातें होती रहती थीं, लेकिन अब मधु पहले वाली मधु नहीं रही। एक बुझी हुई अनारकली थी, जिसका सलीम ख़ुद उससे बिछड़ गया था।

मधु की तारीफ़ के लिए मेरे पास शब्द नहीं। इतने ज़बरदस्त हादसे से दो-चार होने के बाद भी उसने 'मुग़ले आज़म' में काम किया और फ़िल्म को पूरा किया। आज भी जब मैं जुहू की तरफ़ से गुज़रता हूँ तो उस अनारकली का ख़याल मुझे फ़ौरन आ जाता है, जिसने अपने ज़ख़्मों की नुमाइश नहीं की। अपनी हसरतों की पूरी दास्तान सीने में समेटे आज वो मनो मिट्टी के नीचे आराम कर रही है।

वीना

वीना उन दिनों चोटी की हीरोइन थीं। उनका करियर पंजाबी फ़िल्मों से शुरू हुआ था, लेकिन बाद में उन्होंने महबूब साहब के साथ भी फ़िल्में कीं, जैसे 'नजमा' वग़ैरह। उनकी शादी अल नासिर से हुई थी और कुछ पूछिए नहीं कि यह कितना शानदार जोड़ा था? ऐसा लगता था, जैसे किसी शाही घराने से उनका ताल्लुक हो। इस सिलसिले में एक घटना मुझे आज भी याद है। हम इरोज़ में एक फ़िल्म देखने गये थे कि हमने उस जोड़े को सीढ़ियों से उतरते देखा। वीना सफ़ेद ग़रारा पहने हुए थीं। अल नासिर भी सफ़ेद पोशाक में सजे हुए थे। लोग साँस रोके उनकी एक झलक देखने को बेताब थे। दोनों किसी आसमानी देश का शहजादा और शहजादी मालूम होते थे। चन्द लम्हे बाद दोनों अपनी लम्बी-सी कार में बैठ गये। अल नासिर ने अपने हाथों पर सफ़ेद दास्ताने चढ़ाये और कार रवाना हो गयी। हम सब उसके बाद भी कई लम्हों तक बुत बने खड़े रहे। बाद में वीना के साथ मैंने 'गवाह', 'सरकार' वग़ैरह कई फ़िल्मों में काम किया।

के. आसिफ़

'मुग़ले आज़म' आपने देखी होगी। पहले यह दूसरी कास्ट के साथ बन रही थी। इसमें अकबर का रोल चन्द्रमोहन, सलीम का सप्रू और अनारकली का रोल नरगिस को सौपा गया था। दुर्जन सिंह के रोल के (जो मैंने 'मुग़ले आज़म' में किया) मेरा और सुरेश का टेस्ट हुआ, लेकिन हम दोनों में से किसी को यह रोल नहीं मिला और यह हिमालयवाला के हिस्से आया।

1951-52 में नयी 'मुग़ले आज़म' शुरू हुई। इस बार दुर्जन सिंह का रोल मुझे दिया़ गया। आसिफ़ मरहूम के साथ काम करना बड़े दिल गुर्दे का काम था। हम लोग हैरान हो जाते थे कि इस इन्सान में ख़ुदा ने किस बला की क़ुव्वत भर रखी है। वे सेट पर 20-20 घण्टे खड़े रहते थे और उस वक़्त तक

काम लेते, जब तक ख़ुद बिल्कुल मुतमइन न हो जाते। बार-बार ऐसा हुआ कि सुबह से दूसरी सुबह और रात से दूसरी रात, लेकिन क्या मजाल कि आसिफ़ साहब के चेहरे पर थकान या बोरियत का साया तक दिखाई दिया हो। कई मर्तबा ऐसा हुआ कि यूसुफ़ साहब (दिलीप कुमार) और मैंने सुबह के दस-ग्यारह बजे से काम शुरू किया और दूसरे दिन ढाई बजे तक काम जारी रहा।

एक दिन यूसुफ़ साहब ने मुझसे कहा, "भाई, गाड़ी कहाँ रखी है? उसे मोहन स्टूडियो के गेट पर ले आओ।" फिर हम दोनों टहलते-टहलते पूरे मेकअप के साथ गाड़ी तक पहुँचे और फ़ौरन वहाँ से भाग गये। बाद में मालूम हुआ कि हमारे जाने के बाद आसिफ़ साहब ने हमें हर जगह तलाश किया और जब दोनों नहीं मिले, तो मजबूरन उन्होंने पैकअप किया। 'मुग़ले आज़म' में मेरी मौत का सीन फ़िल्माया जा रहा था। 18-20 टेक हो गये। कभी तलवार नहीं टूटी, कभी हार ठीक तरह नहीं गिरा। मैं बुरी तरह थक चुका गया था। महसूस होने लगा कि चक्कर खाकर सेट पर गिर जाऊँगा। ब्लड प्रेशर भी बढ़ गया था। रात के बाहर बजे गये थे। मैंने आसिफ़ साहब से कहा, "मुझे आधे घण्टे का आराम चाहिए।" कहने लगे ठीक है, "आप आराम कीजिए। चुनाचे, लंच ब्रेक हो गया। मैं चादर ओढ़कर एक बेंच पर लेट गया और चुटकियों की आवाज़ सुनता रहा (आसिफ़ साहब सिगरेट की राख झाड़ने के लिए हमेशा चुटकियाँ बजाते हैं)।

थोड़ी देर बाद चुटकियों की आवाज़ आनी बन्द हो गयी। मैंने आहिस्ता से मुँह पर से कपड़ा हटाकर देखा, तो आसिफ़ साहब सेट से ग़ायब थे। मैं आहिस्ता-आहिस्ता उठा और सीधा घर की तरफ़ भाग गया। आसिफ़ साहब की यह ख़ूबी थी कि वह हर छोटी-बड़ी ख़ता को माफ़ कर दिया करते थे। एक बार मैं उनके घर गया। वह घर से निकलने लगे, तो निगार ने आवाज़ लगाई, "देखिए कुछ पैसे भिजवा दीजिए। घर में कुछ नहीं है। अगर पैसे नहीं पहुँचे, तो शाम का खाना नहीं पक सकता।" आसिफ़ साहब ने यह सुना, अपनी चुटकी बजाई और कहने लगे, "ठीक है, ठीक है, मगर अभी तुम इस वक़्त ख़ुद ही कोई इन्तज़ाम कर लेना। मेरे पास कुछ नहीं है।"

बाहर निकले तो दरवाज़े पर एक अन्धा बूढ़ा अपने बच्चे के साथ खड़ा हुआ था। उसने कहा, "बाबा, मैं तीन दिन से भूखा हूँ।" आसिफ़ साहब ने ज़ेब में हाथ डाला और जो कुछ रक़म उसमें थी, ख़ुदा झूठ न बुलवाये उसमें

सौ-सौ के भी नोट थे, दस-दस के भी, पाँच के भी और एक के भी, उसको थमा दिये और कहा, "ये लो, जब ख़त्म हो जायें, फिर आ जाना।" यक़ीन मानिए, ऐसा दरवेश इन्सान मैंने ज़िन्दगी में नहीं देखा। जो करोड़ रुपये की फ़िल्म बना रहा था, लेकिन हमेशा खाली हाथ रहता था। जब आसिफ़ साहब को संजीव कुमार के घर में दिल का दौरा पड़ा, उस वक़्त जो शब्द उनके मुँह से निकले, वे आसिफ़ साहब जैसा शेरदिल इन्सान ही कह सकता था। सर, उठाकर उन्होंने छत की तरफ़ देखा। जैसे अल्लाह मियाँ से बातें कर रहे हों। और कहने लगे, बस कीजिए। जो करना हो जल्दी कीजिए। पता नहीं उस वक़्त दुनिया के करोड़ों इन्सानों को दिली सदमा क्यों हुआ था। मिस कैनेडी ने दूसरी शादी की थी। मुझे इस शादी का अफ़सोस बहरहाल नहीं हुआ, लेकिन जब मिसेज़ आसिफ़ ने दूसरी शादी की, तो मुझे ज़्यादा तकलीफ़ हुई। ख़ुदा बक्शे, बहुत-सी ख़ूबियाँ थीं मरने वाले में।

श्याम

1944 में जब मुझे पता चला कि पुणे में शालीमार स्टूडियो के कर्ता-धर्ता डब्ल्यू.जेड. अहमद साहब 'मन की जीत' के लिए कुछ नये आर्टिस्टों का चुनाव कर रहे हैं, तब मुम्बई से पहुँचने वाले बहुत-से उम्मीदवारों में से एक उम्मीदवार मैं भी था। सागर निज़ामी और जोश मलीहाबादी उस ज़माने में शालीमार स्टूडियो के स्टोरी डिपार्टमेंट से जुड़े हुए थे। सागर साहब से पहले से मेरी जान-पहचान थी। वह हमारे कॉलेज के मुशायरे में भी आये थे और मेरे उर्दू के प्रोफ़ेसर के दोस्त भी थे। मैंने सागर साहब से अपना मुद्दा पेश किया, तो वे मुझे अपने साथ स्टूडियो ले गये और मैं टेस्ट में शरीक हुआ। जो डायलॉग मैंने उस टेस्ट में बोले थे, वे मुझे आज भी याद है—'कलकत्ता का जो ज़िक्र किया तूने हमनशीं, एक तीर मेरे सीने पर मारा कि हाय-हाय। वे रंगरेलियाँ, वह शोख़ अलबेली छोकरियाँ, तरह-तरह की शराबें कि एक बार तो उरागें आशी दादा भी मूँछ डुबो लें।'

जैसे ही टेस्ट देकर बाहर निकला तो श्याम ने मुझे गले से लगा लिया और पूछा कि बिरादर, कहाँ से आये हो? मैंने जो उन्हें बताया कि मेरा कुछ ताल्लुक यूपी और हैदराबाद (आन्ध्र प्रदेश) से है। वह बहुत देर तक मुझसे बातें करते रहे। आखिर में कहा कि मुझे ज्यादा उम्मीद तो नहीं, लेकिन मेरी भगवान से यही दुआ है कि तुम चुन लिये जाओ। इसके बाद वह बैडमिंटन

खेलने में व्यस्त हो गये। जब टेस्ट का नतीजा निकला, तो श्याम की शंका सही निकली। मैं नाक़ामयाब हो गया था। लिहाजा, वापस मुम्बई आ गया। इस घटना के चार-पाँच साल बाद शालीमार स्टूडियो बन्द हो गया।

उसका सारा स्टाफ मुम्बई पहुँचा तो मेरी मुलाक़ात फिर श्याम से हुई—वही मुस्कुराहट, वही हँसमुख चेहरा, वही बात बात पर कहकहा लगाने की आदत। श्याम मरहूम बड़े सरल और शौक़ीन इन्सान थे। मैं नहीं समझता कि उनकी सोहबत में रहकर कोई भी शख़्स एक पल के लिए बोर हुआ हो। मुम्बई में उनके दोस्तों का दायरा बहुत ही विस्तृत था। चुनांचे उन्हें हाथों हाथ लिया गया।

यह ज़िन्दगी का एक बड़ा अनोखा इत्तेफ़ाक़ था कि उस वक़्त मैं फ़िल्मों में चल निकला था। जब मैं रहने के लिए कोलाबा पहुँचा, तब मुझे मालूम हुआ कि श्याम साहब भी वहीं रहते हैं। श्याम से मुलाक़ात हुई तो उन्होंने मुझे मुबारकबाद भी दी और कहा कि उन्हें यक़ीन था कि मैं ज़रूर क़ामयाब होऊँगा। फिर अक्सर हमारी मुलाकातें होती रहीं। वे हमेशा प्यार से मुझे 'लम्बू' कहते थे।

अभी हमारे साथ को साल डेढ़ साल ही गुज़रा था कि एक दिन फ़िल्म 'सरकार' की शूटिंग पैकअप कर दी गयी। मैंने फ़िल्म के डायरेक्टर अमरनाथ जी से शूटिंग पैकअप करने की वजह मालूम की तो उन्होंने बताया कि श्याम एक हादसे का शिकार हो गये हैं। मैंने यह ख़बर सुनी तो सकते के आलम में कुर्सी पर ढेर हो गया। थोड़ी देर बाद पता चला कि वे गम्भीर रूप से घायल हुए हैं और उन्हें अस्पताल ले जाया गया है। मैं गाड़ी दौड़ाता हुआ स्टूडियो से निकला तो अचानक अन्धेरी के मोड़ पर मेरी कार एक तेज़ रफ़्तार लारी से टकरा गयी। मेरी कार के पीछे बेगम पारा आ रही थीं। मेरी कार पिचक गयी थी। जब उन्होंने सुना कि अजीत का एक्सीडेंट हुआ है, तब वे कार की हालत देखकर रोने लगीं, लेकिन यह अल्लाह का करम था कि मैं इस ज़बरदस्त एक्सीडेंट में बाल-बाल बचा। जब अस्पताल पहुँचा तब मालूम हुआ कि डॉक्टरों की तमाम कोशिशें बेकार साबित हुईं। हिन्दुस्तानी फ़िल्म इंडस्ट्री का इन्तहाई ख़ुशअख़लाक़ फ़नकार ख़ुदा को प्यारा हो गया। मैं भी उनके जनाज़े में शरीक था। जिस वक़्त उनकी लाश चिता पर रखी गयी, उस वक़्त उनके कान से ख़ून बह रहा था।

बलराज साहनी

के. आसिफ़ उस ज़माने में 'हलचल' बना रहे थे। एक दिन मैं अमर स्टूडियो अब रूपतारा स्टूडियो पहुँचा तो मैंने देखा कि एक पुलिस वैन आकर रुकी और दो सिपाहियों के साथ एक आदमी मुस्कुराता हुआ गाड़ी से निकला। यह थे अपने बलराज जी। मुझे यह देखकर बड़ी हैरत हुई कि बलराज जी के साथ यह पुलिस क्यों। बाद में मालूम हुआ कि उनकी सियासी सरगर्मियों की वजह से हुकूमत ने उन पर पाबन्दी लगा रखी है। आसिफ़ साहब ने बलराज साहब को शूटिंग में शरीक करने के लिए ख़ुद सरकार से इजाज़त ली थी। मैंने और बलराज साहब ने साथ में एक साथ कई फ़िल्मों में काम किया। यक़ीन जानिए, मैंने ज़िन्दगी में बलराज जी जैसा सुलझा इन्सान नहीं देखा। वह बहुत पढ़े-लिखे आदमी थे। एक दिन बातों-बातों में कहने लगे, तुमने मेरी किताब 'पाकिस्तानी सफ़रनामा' पढ़ी है। मैंने जवाब दिया, "जी नहीं।" उन्होंने फौरन अपने बैग से एक किताब निकाल कर मुझे दी। मैंने वह किताब पढ़ी तो मेरे दिल में बलराज भैया के लिए मोहब्बत और अक़ीदत पैदा हो गयी। यह किताब एक इन्सान के सच्चे ज़ज्बात का आईना थी। एक वाक़या जो उन्होंने इसमें बयान किया है, वह इस बात का ख़ुलासा है कि बलराज जी कितने आला दर्जे के इन्सान थे। बलराज जी कहते हैं, मुझे वारिस शाह का मजार देखने का बहुत शौक़ था, जो झेलम में है। मैंने अपने दोस्तों से इसका ज़िक्र किया। मेरे पास दिन कम थे और इजाज़त मिलने में वक़्त जाया होता दोस्तों ने कहा, "चलिए हम आपको ले चलते हैं।"

बलराज जी वहाँ से लौट रहे थे कि एक थानेदार साहब वहाँ पहुँच गये और उन्होंने बलराज जी से पूछा कि क्या आपके पास यहाँ आने का इजाज़तनामा है? वही हुआ जिसका डर था। वह अपने दोस्तों की तरफ़ देखने लगे। उन लोगों ने बहुत कोशिश की कि मामला रफ़ा-दफ़ा हो जाये, लेकिन थानेदार साहब रोब झाड़ने के मूड में थे। वह बलराज भैया को थाने ले गया और वहाँ बैठा दिया, लेकिन इस दौरान बलराज जी के दोस्तों ने आला अफ़सरों से सम्पर्क क़ायम कर लिया और उन्हें इजाज़त दिला दी। मेरा ख्याल है कि अगर यह बात किसी दूसरे अभिनेता के साथ पेश आती, तब वह इसे दूसरे अन्दाज़ में पेश करता और अगर छोटे दिल-दिमाग़ का

मालिक होता तो इसे लिखता ही नहीं, लेकिन बलराज जी खुले दिल के थे। उन्होंने लिखा, "जब मेरे साथ यह वाक़या पेश आया तो मैं यह सोचने लगा कि जो लोग पाकिस्तान से हिन्दुस्तान आते होंगे, हो सकता है उन बेचारों को भी ऐसी ही मुश्किलात से दो चार होना पड़ता होगा।" बलराज जी को अपने बच्चों से बेपनाह प्यार था। जहाँ तक मेरा ख़याल है, उनकी लड़की की मौत के बाद जिसे वह बहुत चाहते थे, बलराज जी अक्सर ज़िन्दगी से मायूस नज़र आने लगे थे और शायद यही ग़म था जो उन्हें इस दुनिया से उठा ले गया।

अशोक कुमार

एक और शख़्स जिनकी मैं बहुत क़द्र करता हूँ, अशोक कुमार हैं। बेइन्तहा शरीफ़ इन्सान हैं। हमदर्द हैं, दूसरों के काम आने वाले, छल-कपट से कोसों दूर। किसी को नुक़सान पहुँचाना सबसे बड़ा गुनाह समझते थे। वे उनके साथ भी नेकी से पेश आते थे, जो उनको नुक़सान पहुँचाते थे। इस दुनिया में दूसरों की राह में बिना फ़ायदे काँटे बोने वालों की कमी नहीं है। एक बार अशोक कुमार का भी ऐसे ही दो इन्सानों से पाला पड़ा। ये दोनों और कोई नहीं उनके सेक्रेटरी थे। एक मौक़े पर दोनों ने यह तय किया कि वे अशोक कुमार को बर्बाद करके छोड़ेंगे। चुनांचे उन्होंने अशोक कुमार की तरफ़ से ढेर सारी हुंड्डियों पर दस्तख़त कर दिये। मुझे नहीं पता उन्हें यह अधिकार मिला हुआ था या नहीं, लेकिन यह हरक़त उन्होंने की ज़रूर थी। जब मैंने अशोक कुमार को उन दोनों की इस हरक़त से आगाह किया, तब वह सिर्फ़ हँस दिये और कहने लगे जब तक मैं किसी को तकलीफ़ नहीं देता, मैं दूसरों से अच्छा ही हूँ। बाद में उन दोनों की ओछी हरक़त के बावजूद दोनों में से एक को अशोक कुमार ने अपने फ़ार्म पर नौकरी भी दे दी। कितने ही लोगों ने अशोक कुमार को धोखा दिया या नुक़सान पहुँचाया है, लेकिन वे बदला लेने के कायल कभी नहीं रहे। एक मर्तबा एक महारानी ने अशोक कुमार को एक रॉल्स रॉयस कार तोहफ़े में दी। उन दिनों भी ऐसी कार का मालिक बनना कुछ कम गर्व की बात नहीं थी। उसके बाद कई दिन तक जब मैंने अशोक कुमार को अपनी पुरानी कार में ही आते-जाते देखा तो उनसे पूछा कि उनकी वह शाही सवारी किधर गयी? उन्होंने हँसकर जवाब दिया, कोई चुरा ले गया और सुना है, उसने एक लाख में दिल्ली में बेच भी दी है।" यह है उनकी ज़िन्दगी। वे हर हाल में ख़ुश रहने का हुनर जानते हैं। वह हमारी इंडस्ट्री की महान धरोहर है।

अपने लेख के अन्त में अजीत लिखते हैं, "अतीत की यादें मेरे दिल के आँगन में ठण्डी हवा की ख़ुशनुमा फुहारों की तरह आती हैं। मैं अपनी ओर से उन दिग्गजों को नहीं भूल सकता, जिन्होंने उद्योग को समृद्ध किया और इस दुनिया को हमेशा के लिए छोड़ दिया।"

अजीत पार्टियों और समारोहों में लगभग न के बारबर जाते थे। सेट पर भी वे एक कोने में बैठकर कुछ निकटतम लोगों के साथ ताश खेलते या फिर किताबें पढ़ते थे। लोगों से घुलने-मिलने में वे कभी सहज नहीं रहे। समाज के हर तबके में उनके फ़ैन मौजूद हैं, इसका उन्हें अहसास ही नहीं था। उन्हें जब जब इसका अहसास दिलाया गया तो अक्सर उनके लिए बहुत चौंकने वाला मौक़ा होता था।

मुम्बई के बान्द्रा में जहाँ अजीत का घर था। उस इलाक़े में राजा सिंह नाम के एक दबंग ने ख़ासा दबदबा बना लिया था। उसका मुख्य काम था मकान के एक हिस्से को किराये पर लेकर बाद में पूरे मकान पर क़ब्ज़ा कर लेना। उसने छोटा-सा गिरोह भी खड़ा कर लिया था। राजा सिंह ने अजीत के घर के पास भी एक मकान को कब्ज़े की नीयत से किराये पर ले लिया था। वहाँ उसके साथियों की गतिविधियाँ भी बढ़ने लगी थीं। एक दिन किसी बात पर अजीत के मँझले बेटे ज़ाहिद अली से राजा सिंह की कहा-सुनी हो गयी। अगले दिन राजा सिंह ने अजीत के घर पर पथराव करा दिया। उनके घर की खिड़कियों के शीशे टूट गये और कार को भी नुक़सान पहुँचा। पहले तो अजीत की समझ में ही नहीं आया कि यह क्या हो रहा है फिर ज़ाहिद ने बताया कि ये राजा सिंह के लोग हैं। अजीत फ़ौरन अपनी बन्दूक़ से हवाई फ़ायर करते हुए बाहर निकले। हमलावरों को इसका अहसास नहीं था कि उनके हमले का जवाब बन्दूक़ से दिया जा सकता है। उस इलाक़े में उन दिनों शायद ही किन्हीं के पास लाइसेंसी बन्दूक रही हो। बन्दूक़ की आवाज़ से आसपास अफरा-तफरी फैल गयी। मिड डे अख़बार ने इस ख़बर को छापा तो बहुत-से लोगों को घटना की जानकारी हुई।

पड़ोस के लोगों ने अजीत से कहा कि उन्हें इस मामले में पुलिस से बात करनी चाहिए। हालाँकि अजीत इसकी ज़रूरत नहीं महसूस कर रहे थे, लेकिन पड़ोसियों के दबाव में वे मान गये। अजीत सीधे तत्कालीन मुम्बई

पुलिस कमिश्नर जूलियो फ्रांसिस रिबेरो के ऑफ़िस पहुँच गये। रिबेरो के सामने रूपहले पर्दे का ख़तरनाक गैंगस्टर अपने घर पर हमले की जानकारी दे रहा था और रिबेरो हँस-हँस के कहानी सुन रहे थे। उन्होंने अजीत को चाय पिलाते हुए कहा कि वे बिल्कुल बेफिक्र रहें अब कोई उनकी ओर आँख उठाकर नहीं देख सकता।"

घटना के अगले दिन अजीत का हाल-चाल लेने जो शख़्स उनके घर पहुँचा उसे सामने देख अजीत हैरान रह गये। ये शख़्स था करीम लाला। उस दौर में मुम्बई में वरदराजन और हाजी मस्तान के साथ ही करीम लाला के नाम की भी दहशत थी। लाला तीस के दशक में अफ़ग़ानिस्तान से मुम्बई आया। शुरू में उसने मिल कर्मचारियों और मज़दूर वर्ग को ब्याज पर पैसे देने का धन्धा शुरू किया। बाद में उसने कमीशन पर लोगों की फँसी हुई प्रॉपर्टी और डूब चुका पैसा वसूलने का काम शुरू किया और उसने अपना मज़बूत गिरोह खड़ा लिया था। आम लोगों के सुख-दु:ख का ख़याल रखने की वजह से उसकी छवि रॉबिन हुड जैसी हो गयी थी। आम जनों के साथ साथ अपराध जगत् में भी करीम लाला का नाम आदर से लिया जाता था।

दरअसल, करीम लाला अजीत के पास अपनी पठान बिरादरी के एक मशहूर शख़्स पर आयी परेशानी को देख अपनी मदद की पेशकश लेकर आये थे। ख़बर के बारे में जितना अख़बार में छपा था, उससे अधिक जानकारी करीम लाला के आदमी उसे दे चुके थे। पर्दे पर नज़र आने वाली सिनेमा की हस्तियों के प्रति समाज के हर वर्ग में आकर्षण रहता ही है। करीम लाला जैसे कम पढ़े-लिखे, लेकिन असरदार लोग तो ऐसी हस्तियों की निकटता हासिल करने के लिए लालायित रहते थे। और फिर अजीत तो पर्दे पर बाक़ायदा गैंगस्टर और माफ़िया का रोल निभाया करते थे। इस सबसे ऊपर अजीत अफ़ग़ानी पठानों की नस्ल से थे। ऐसे में करीम लाला का उनके प्रति आकर्षित होना और मदद की पेशकश करना स्वाभाविक ही था। अजीत ने करीम लाला के मदद के प्रस्ताव को यह कहकर ख़ारिज़ कर दिया कि बच्चों का आपसी झगड़ा था और इसे ज़्यादा तूल देना ठीक नहीं होगा। पता नहीं रिबेरो की वजह से या फिर करीम लाला की दहशत के चलते राजा सिंह ने उस एरिया में आना लगभग बन्द कर दिया।

अजीत को अपनी प्रसिद्धि के सिलसिले में एक बार फिर तब चौंकना पड़ा जब एक फ़िल्म की शूटिंग के दौरान पूर्व प्रधानमन्त्री अटल बिहारी वाजपेयी ने अजीत से मिलने का निमन्त्रण यह कहकर भिजवाया कि वे उनके बहुत बड़े फैन हैं। वरिष्ठ फ़िल्म पत्रकार राम कृष्ण ने अपने संस्मरण "फ़िल्म जगत् में अर्द्ध शती का रोमांच" में अजीत के प्रति वाजपेयी जी की दिलचस्पी का क़िस्सा विस्तार से दर्ज़ किया है। उस समय राम कृष्ण लखनऊ में रहते थे। वहीं वे स्वदेश नाम के अख़बार में साप्ताहिक फ़िल्म स्तम्भ लिखते थे, जबकि इस अख़बार के उस समय सम्पादक थे, अटल बिहारी वाजपेयी। राम कृष्ण लिखते हैं, "एक रात दस-ग्यारह बजे मेरे दरबाज़े पर कुछ खटखटाहट सुनाई दी। खोलकर देखा तो पाया कि मेरे अज़ीज़ दोस्त गिरीशचन्द्र मिश्र जो उन दिनों 'पाँचजन्य' का सम्पादन कर रहे थे, के साथ अटल जी सामने खड़े हैं। उनको अन्दर लाकर बैठाने पर पता चला कि दोनों के बीच दस–दस रुपये की एक शर्त लगी है और उसका निपटारा मेरे द्वारा ही सम्भव हो सकता है। बहस का मुद्दा यह था कि अजीत किस प्रदेश के हैं यूपी से हैं या किसी अन्य प्रदेश से? अटल जी की मान्यता थी कि वे शाहजहाँपुर से ताल्लुक रखते हैं और गिरीश जी का कहना था कि उनका घर हैदराबाद में है।

इस सवाल पर दोनों में बहस थी। उसके समाधान के लिए उन्होंने मुझे पंच बनाने की सोची और इसलिए इतनी रात गये वे मेरे पास आये। मुझे मालूम था कि किसी-न-किसी सन्दर्भ में दोनों ही अपने स्थान पर सही हैं। इसी से काफ़ी देर तक मैंने दोनों को उस बहस में उलझाये रखा। अन्त में जब मैंने उनको बताया कि अजीत का पैतृक घर शाहजहाँपुर में है, लेकिन उनका जन्म हैदराबाद में हुआ था, तो दोनों ही बेसाख्ता हँस पड़े।" ग़ौरतलब है कि यह मिथ आज भी बना हुआ है कि अजीत का जन्म शाहजहाँपुर में हुआ था। हालाँकि अजीत के बड़े बेटे शाहिद अली बताते हैं कि उनके पिता के जन्म का प्रमाणपत्र हैदराबाद का है, जिसमें अजीत का जन्म हैदराबाद में दर्शाया गया है।

यह उस समय की बात है, जब फ़िल्म 'कर्मयोगी' की शूटिंग मनाली में हो रही थी। एक दिन शाम को अजीत के पास एक सन्देश आया कि अटल बिहारी वाजपेयी उनसे मिलना चाहते हैं। तब तक अटल जी प्रधानमन्त्री नहीं बने थे। वे छुट्टियाँ बिताने मसूरी आये हुए थे, जहाँ उन्हें पता चला कि

अजीत फ़िल्म की शूटिंग के लिए आये हुए हैं। अजीत अगले दिन शाम को अटल बिहारी वाजपेयी से मिलने पहुँचे तो अटल जी उनका स्वागत करने ख़ुद दरवाजे तक आये। उन्होंने बेहद गर्मजोशी से अजीत को बताया कि वे कैसे अजीत की हर फ़िल्म देखने की कोशिश किया करते थे। अटल जी को अजीत की आवाज़ और उनके बोलने का ढंग बहुत प्रिय था। किसी इतने बड़े राजनेता के मुँह से अपनी ऐसी तारीफ सुनने का अजीत का पहला अनुभव था।

शोहरत , लोकप्रियता और अपने क्षेत्र में स्थापित हैसियत अपनी जगह होती है लेकिन समय का पहिया इन सबसे बेअसर रहता है। समय का पहिया घूम रहा था। यह बात 1984 की है। फ़िल्म 'राजतिलक' की शूटिंग के लिए अजीत ठीक दस बजे मेकअप कर शॉट देने के लिए सेट पर पहुँच गये, लेकिन उस फ़िल्म का नौजवान हीरो शाम साढ़े चार बजे तक सेट पर नहीं आया। अजीत के साथ यह पहली बार नहीं हो रहा था, अक्सर वे सेट पर तैयार होकर शॉट का इन्तज़ार करते और फ़िल्म के दूसरे अभिनेता सेट पर पहुँचने में देर कर देते थे। ज़ाहिर-सी बात है कि इन्तज़ार में कोई कितनी किताबें या पत्रिकाएँ पढ़ सकता है या कितनी बार आईने में ख़ुद को यह देखने के लिए निहार सकता है कि रोल के मुताबिक़ उसका मेकअप ठीक है या नहीं? वैसे भी कई शिफ़्टों में काम करने के दबाव ने अजीत का ब्लड प्रेशर इतना बढ़ा दिया था कि उन्हें दिल का दौरा पड़ चुका था। 1981 में उन्हें अमेरिका जाकर दिल का ऑपरेशन करना पड़ा था। जिस्म की थकान उन्हें चेतावनी देने लगी थी। खाने-पीने में कड़े परहेज़ कर अजीत ख़ुद को फिट रख रहे थे, लेकिन इस तरह की प्रताड़ना बहुत तकलीफ़देह होती जा रही थी। 38 साल का फ़िल्मी सफ़र तय कर चुके अजीत के लिए नयी उम्र के लड़कों का यह ग़ैर-पेशेवराना रवैया बर्दाश्त करना मुश्किल हो गया था और उस दिन तो जैसे हद ही हो गयी थी।

उस समय खलनायकी की दुनिया में अजीत से बड़ा कोई नाम नहीं था। प्राण तब तक पूरी तरह चरित्र अभिनय करने लगे थे। प्रेम चोपड़ा काम ज़रूर कर रहे थे, लेकिन उन्हें पहले जैसे रोल नहीं मिल रहे थे। अमजद ख़ान खलनायकी के साथ साथ चरित्र भूमिकाओं में भी हाथ आज़माने लगे थे। गुलशन ग्रोवर की खलनायकी चरम पर नहीं पहुँची थी।

दक्षिण भारत के कुछ कलाकार हिन्दी फ़िल्मों में खलनायक के रूप में पहचान बना रहे थे। अमरीश पुरी ज़रूर अजीत के विकल्प के रूप में उभर चुके थे, लेकिन तब भी एक क्रूर स्वभाव, ग़ुस्सैल आँखों और असरदार आवाज़ के मालिक अजीत की सत्ता को चुनौती देने वाला कोई नहीं था।

घर लौटकर अजीत ने फ़ैसला किया कि अब वो फ़िल्मों में काम नहीं करेंगे, क्योंकि कैरियर के चरम पर पहुँच चुके अजीत आत्म सम्मान से समझौता करने को राज़ी नहीं थे। हालाँकि इस बीच उनके पास फ़िल्मों में काम करने के ऑफर आ रहे थे, लेकिन उन्होंने काम करने से इनकार करना शुरू कर दिया। उस दौर में उनकी लोकप्रियता का अन्दाज़ इस घटना से लगाया जा सकता है–

1986 में रिलीज हुई फ़िल्म 'नगीना' के निर्देशक हरमेश मल्होत्रा अजीत से श्रीदेवी के पिता का रोल कराना चाह रहे थे, लेकिन अजीत ने बहुत शालीनता से इनकार कर दिया। हरमेश मल्होत्रा जब उन्हें राजी नहीं कर पाये तो उनके घर से उनका वही आदमक़द चित्र ले गये, जो 'कालीचरण' में लॉयन के ड्राइंगरूम लगा था। फ़िल्म में श्रीदेवी के पिता के रूप में इस चित्र को क्लोज़ शॉट में दिखाया गया। जैसे ही पर्दे पर दर्शक अजीत का चित्र देखते, वे उनका नाम लेकर चिल्ला उठते थे।

अजीत फ़िल्म धरती के एक दृश्य में

अजीत को अब कोई भी प्रस्ताव काम करने के लिये उत्साहित नहीं कर पा रहा था। उनके समकालीन बहुत-से कलाकार इस दुनिया से जा चुके थे।

कई कलाकार बहुत बुरी दशा में जीवन गुज़ार रहे थे। जिनकी दशा ठीक भी थी, वे फ़िल्मी दुनिया में ख़ुद को बनाये रखने में भारी दिक़्क़तें महसूस कर रहे थे। ऐसे में अजीत का जी उचाट होता जा रहा था। अब वे ख़ुद को रिटायर मानकर बाक़ी की ज़िन्दगी हैदराबाद में गुज़ारने का मन बना चुके थे और एक दिन ख़ामोशी से अजीत उसी हैदराबाद की ओर चल दिये, जहाँ से अपने सपनों को पूरा करने के लिए वे भागकर मुम्बई आये थे।

इसे अजीत का दुर्भाग्य कहा जायेगा कि मशहूर बैनर के साथ या तो उन्हें फ़िल्में करने को नहीं मिली या फिर शोहरत हासिल करने के बाद निर्देशकों ने उन्हें दोबारा मौक़ा नहीं दिया। अजीत को ख़ुद इस बात का अफसोस रहा कि उन्हें वी. शान्ताराम, महबूब, गुरुदत्त, बिमल रॉय और राज कपूर जैसे महान निर्देशकों के साथ काम करने का मौक़ा नहीं मिला। इस कड़ी के सिर्फ़ एक महान फ़िल्मकार के. आसिफ़ के साथ अजीत ने काम किया। मनमोहन देसाई, मनोज कुमार और फ़िरोज़ ख़ान ने भी अपनी फ़िल्मों में अजीत को मौक़ा नहीं दिया। सुभाष घई की पहली निर्देशित फ़िल्म 'कालीचरण' ने तो तहलका मचा दिया था लेकिन सुभाष ने फिर कभी अजीत को नहीं दोहराया। प्रकाश मेहरा की प्रोड्यूसर–निर्देशक की हैसियत से बनायी गयी फ़िल्म 'ज़ंजीर' सुपर हिट रही, लेकिन प्रकाश मेहरा ने भी अजीत के साथ दोबारा काम नहीं किया।

बी.आर. चोपड़ा ने अजीत के साथ एक ही फ़िल्म की 'नया दौर'। इसी तरह यश चोपड़ा के साथ भी अजीत ने सिर्फ़ 'आदमी और इन्सान' में काम किया। हालाँकि देवानन्द और चेतन आनन्द ने ज़रूर अजीत पर बहुत भरोसा किया और और अपनी कई फ़िल्मों में अजीत को शामिल किया। देवानन्द ने अजीत के बारे में इस किताब के लिए दिये गये साक्षात्कार में बताया कि "अजीत साहब जैसे उसूलों के पाबन्द लोग कम ही होते हैं। उनका व्यवहार हमेशा खानदानी लोगों जैसा रहा। मुम्बई की फ़िल्मी दुनिया में इस तरह का व्यवहार देखना मेरे लिए बहुत सुखद रहता था। वे अगर दूसरों से इज़्ज़त चाहते थे, तो दूसरों की ख़ुद भी बेहद इज़्ज़त किया करते थे। शूटिंग के दौरान उनको जितना बता दिया जाता था, उसका वे पूरी ईमानदारी से पालन करते थे। उनके साथ काम करने में मैं हमेशा बहुत सहज रहा।"

लेकिन अजीत पर सबसे अधिक भरोसा किया निर्देशक मोहम्मद हुसैन ने। 'सइयाँ (1951), 'दिल्ली जंक्शन' (1960), 'शिकारी' (1963),

'मैं हूँ अलाउद्दीन' (1965), 'दिलरुबा', 'दो दुश्मन' (1967), 'सुल्ताना डाकू' (1972) और 'शाही लुटेरा' 1976) में वे अजीत को लगातार मौक़े देते रहे। मौक़े दिये या नहीं दिये, इसकी शिकायत कभी अजीत के होंठों पर नहीं उभरी। वे ज़िन्दगी में किस्मत के रोल को बहुत अहम मानते थे। यह शायद उनकी क़िस्मत ही थी कि कुछ लोग ज़िन्दगी भर उन्हें प्यार और सम्मान देते रहे।

कुछ रिश्ते ऐसे होते हैं, जिनमें कैसे भी उतार-चढ़ाव आ जाये, लेकिन दिलों में एक-दूसरे की इज़्ज़त करने की गुंजाइश बनी रहती है। यह भी क़िस्मत की बात थी कि अजीत और गोइन के रिश्ते भी ऐसे ही रहे। गोइन ने अजीत से अलग होकर लंदन में दूसरी शादी कर ली, लेकिन हर बार नये साले के मौक़े पर बधाई का एक पोस्टकार्ड वे अजीत को ज़रूर भेजती थीं। 1978 में 'देस परदेस' की शूटिंग के लिए अजीत अपनी पत्नी शाहिदा के साथ लंदन गये। गोइन को पता चला तो उन्होंने अजीत और शाहिदा को घर पर आमन्त्रित किया। अक्सर जब अजीत फ़िल्म की शूटिंग में व्यस्त रहते तो गोइन शाहिदा से मिलने की व्यवस्था कर लेती थीं।

अजीत के बेटे शाहिद अली अपने पिता को याद करते हुए बताते हैं कि "पर्दे पर वे जितने शालीन, लेकिन कठोर दिखाई देते थे। अपने उसूलों के मामले में भी वे उतने ही कठोर और शालीन थे। उन्होंने हम तीनों भाइयों को कभी अहसास ही नहीं होने दिया कि हम लोग एक बेहद चर्चित अभिनेता अजीत के बेटे हैं। हमारे लिए यानी मैं शाहिद अली ख़ाँ मुझसे छोटे भाई ज़ाहिद अली ख़ाँ और सबसे छोटे भाई आबिद अली ख़ाँ के लिए तो वे प्यार करने वाले डैडी थे, जो सारी सुख-सुविधाएँ उपलब्ध कराने के साथ-साथ अपने बच्चों पर कड़ी नज़र रखते थे। जब हम बड़े हुए तब हमें अहसास हुआ कि डैडी कुछ ख़ास हैं, वे फ़िल्मों में काम करते हैं और ढेर सारे लोग उनके प्रशंसक हैं।

अपने उसूलों पर सख़्ती से क़ायम रहने के मामले में वे किसी की भी नहीं सुनते थे। एक घटना से आप अन्दाज़ा लगा सकते हैं, उनके उसूलों के बारे में। मेरा सबसे छोटा भाई बचपन में बीमार पड़ा और उसे जो दवाइयाँ दी गयीं। उनमें से किसी एक दवा का रिएक्शन उसके बायें हिस्से पर ऐसा पड़ा कि बिना सहारा लिये चलने-फिरने से महरूम हो गया, लेकिन घर में उससे

सामान्य बच्चों की तरह ही व्यवहार किया जाता था। उसका नाम भी उसी स्कूल में लिखवाया गया, जहाँ मैं और मुझसे छोटा भाई पढ़ते थे। हम लोगों को स्कूल बस से जाना होता था। डैडी के पास तब दो कारें होती थीं और ड्राइवर भी, लेकिन हमें स्कूल ले जाने या लाने के लिए उनका इस्तेमाल नहीं होता था। यहाँ तक कि अम्मी को भी इस बात की इजाज़त नहीं थी कि हमें ऑटो से स्कूल भेज सकें और जब आबिद का नाम स्कूल में लिखाया गया तब भी यह व्यवस्था नहीं बदली। मैं और मेरा छोटा भाई जाहिद अपने तीसरे भाई आबिद को सहारा देकर घर के पास बने बस स्टैंड तक ले जाते और फिर वहाँ बस से स्कूल जाते।

"अम्मी इस बात से बहुत ज़्यादा नाराज़ हुईं। तब डैडी ने उन्हें समझाया कि हमारे लिए ये बच्चे ही तो सब कुछ हैं, लेकिन तुम ग़ौर करो कि अगर इन बच्चों को जीवन की कठोरता से लड़ना नहीं सिखाया, तो हमारे बाद आबिद को कौन सहारा दिया करेगा और कुछ सालों में आबिद भी ज़िन्दगी की तमाम गतिविधियों में शामिल होने लगा।" शाहिद अली आगे बताते हैं, "मुम्बई में पानी जमकर बरसता है। अगर परीक्षा के दिनों में पानी बरसता था, तब डैडी हमें कार में ड्राइवर के साथ स्कूल भेजते थे। स्कूल जाते समय कभी-कभी तब हमारा दिन बन जाता था, जब हमारे स्कूल के टाइम पर डैडी को शूटिंग के लिए घर से निकलना होता था। तब डैडी अपनी मर्सिडीज़ में हमें स्कूल पहुँचा देते थे। हमारे स्कूली दोस्तों के लिए यह एक पहेली रहती थी कि हमारे घर मर्सिडीज़ है, तो हम बस से क्यों आते हैं?

'मुग़ले आज़म' के बाद और ज़ंजीर से पहले डैडी की ज़िन्दगी में क़रीब आठ साल का समय ऐसा आया जब उन्हें फ़िल्मों में बहुत कम काम मिल रहा था। लेकिन जिन लोगों को हर महीने पैसे भेजने की ज़िम्मेदारी डैडी ने अपने सर ली हुई थी। उन्हें उस दौर में भी डैडी पैसे भेजते रहे। यहाँ तक कि वे हमें स्कूल भेजने के लिए बस का जो किराया देते थे, उन्होंने कुछ समय के लिए उसमें कटौती कर दी। हमसे कहा गया कि हम अब बड़े हो गये हैं और हमें पैदल चलना इनज्वाय करना चाहिए। हमारी सेहत पर कोई फ़र्क़ नहीं पड़ा। जिस उत्साह से हम बस से स्कूल जाते थे उसी उत्साह से हम पैदल भी जाने लगे। स्कूल पैदल जाने के दौरान हम भाइयों ने अपने आसपास की दुनिया को जितनी दिलचस्पी और गहराई से देखा, वैसा पहले नहीं देख पाये थे।

"जब हम भाई इतने बड़े हुए कि मोटरसाइकिल का आकर्षण मन में घर करने लगा तब हम लोगों ने ज़िद करनी शुरू की कि हमें मोटरसाइकिल ख़रीदकर दी जाये। हर बार डैडी हमें अपने गले से लगाकर इतना ही कहते कि बेटे, बड़े हो जाओ मैं तुम्हें कार ख़रीदकर दूँगा, लेकिन मोटरसाइकिल के लिए ज़िद मत किया करो। मैं तुम लोगों को मोटरसाइकिल चलाते नहीं देख सकता और जब हम भाई ग्रेजुएशन में पहुँचे तब डैडी ने अपना वादा पूरा किया, न सिर्फ़ हमारे लिए कार ख़रीद दी, बल्कि अपनी गाड़ियों की चाभी भी हमारे हवाले कर दी।

"अपने बच्चों से मोहब्बत करने का उनका अपना ही अन्दाज़ था। जब वे ब्लड प्रेशर के मरीज हुए तब डॉक्टरों ने खाने में सख़्त परहेज़ की राय दी। उनकी वजह से घर में बहुत सादा खाना बनने लगा। रात का खाना पूरा परिवार एक साथ ही खाता था। अब उनके मन में यह बात बैठ गयी थी कि अधिक मसाले और घी तेल वाला खाना खाने से उनके बच्चे भी बीमार पड़ सकते हैं। मेरे छोटे भाई ज़ाहिद को मक्खन और घी खाने का बहुत शौक़ था। डैडी हम से भी कड़े परहेज का खाना खाने को कहते थे ऐसे में अम्मी सामने आ जाती थीं। वे समझाती थीं कि तबीयत आपकी ख़राब है, आप परहेज कीजिए। बच्चों को तो उनकी पसन्द का खाना खाने दीजिए।

"साल में एक बार वो पूरे परिवार को कार से हैदराबाद अपने पुश्तैनी घर ले जाते थे। वह समय हम लोगों के लिए सबसे मज़ेदार होता था। डैडी हमें हर साल हैदराबाद, इसलिए लाते थे कि हम अपनी जड़ों से जुड़े रहें। वे ख़ुद अपनी जड़ों से कितनी शिद्दत के साथ जुड़े रहे इसका अन्दाज़ा आप ऐसे लगा सकते हैं कि डैडी ने कभी भी मुम्बई में एक गज़ की भी प्रॉपर्टी नहीं ख़रीदी। लम्बे वक़्त तक वे किराये के मकान में रहे। वे हमेशा कहते थे कि रिटायरमेंट के बाद उन्हे हैदराबाद में ही रहना है।

"डैडी ने हमसे कभी नहीं कहा कि हमें बड़े होकर क्या बनना है, लेकिन हम भाइयों की पढ़ाई को लेकर वे बड़े फ़िक्रमन्द रहते थे। डैडी को शायरी का बहुत शौक़ था। फ़िल्म की शूटिंग से घर लौटकर रात में वे ड्राइवर को भिंडी बाज़ार भेजते थे, उन शायरों को बुलवाने के लिए जिनके क़लाम उन्हें बहुत पसन्द थे। घर के ऊपरी हिस्से में शायरी की महफ़िल जमती, जिसमें फ़िल्मी दुनिया के उनके कई दोस्त भी शामिल होते, लेकिन ऐसा कभी

नहीं हुआ कि उनकी महफ़िलों की वजह से घर में कोई शोर-शराबा हुआ हो या हमारी पढ़ाई या अम्मी की प्राइवेसी पर कोई असर पड़ा हो।

"मुझे याद नहीं कि हमारे घर में कभी फ़िल्मी पार्टियाँ तो दूर, फ़िल्मी दुनिया की बातें भी हुई हों। डैडी सभी घरवालों को फ़िल्मी दुनिया की गतिविधियों से दूर रखते थे। अपने बचपन में मैंने किसी फ़िल्मी हस्ती को अपने घर में आते-जाते देखा तो वे थे सलीम ख़ान अंकल और बड़े होने पर कभी-कभी फ़िल्म निर्देशक लेख टंडन अंकल हमारे घर आते थे। डैडी जब रात में घर पर शायरी की महफ़िल सजाते थे, तब ज़रूर कुछ फ़िल्मी दुनिया से जुड़े लोग आया करते थे, लेकिन हम सभी भाई उन महफ़िलों से दूर रहते थे। जब मैंने ग्रेजुएशन किया, तब मेरे दिल में भी ख़्वाहिश उभरी कि मैं फ़िल्मों में हाथ आज़माऊँ। डैडी ने मेरे इस फ़ैसले का विरोध नहीं किया, लेकिन मुझे उत्साहित भी नहीं किया। सिर्फ़ एक राय दी कि फ़िल्मों में पर्दे के पीछे रहकर पहले मैं फ़िल्म मेकिंग को समझ लूँ।

"डैडी के दोस्त और फ़िल्म निर्देशक-प्रोड्यूसर लेख टण्डन के बेटे राहुल मेरे ही क्लास में पढ़ते थे और मेरे दोस्त भी थे। मेरा उनके घर में अपने परिवार की तरह आना जाना था। मैं लेख अंकल का असिस्टेंट बन गया। कुछ दिन बाद डैड ने पूछा कि कैसा लग रहा है तो मैंने बिना कोई उत्साह दिखाए कहा कि ठीक ही है। कुछ दिन बाद डैड ने मुझसे कहा कि लेख टंडन जी के साथ काम करके तुम ज़िन्दगी में कभी डायरेक्टर नहीं बन सकते। मैं चौंक गया कि लेख अंकल के बारे में ये कैसी बात कर रहे हैं डैडी। फिर डैड ने कहा कि मैंने लेख जी के किसी असिस्टेंट को डायरेक्टर बनते नहीं देखा। मैं ख़ामोशी से डैड की बातें सुनता रहा। उन्होंने कहा कि दरअसल, लेख जी सारे काम ख़ुद ही करते हैं तो असिस्टेंट को काम सीखने का मौक़ा ही नहीं मिल पाता। वो चाहे कितने असिस्टेंट रख लें, लेकिन काम वे अपने हाथ से ही करेंगे।

"हो सकता है कि आगे चलकर मैं यह मिथ तोड़ देता कि लेख अंकल का कोई असिस्टेंट डायरेक्टर नहीं बन सकता लेकिन साल भर में ही मुझे अहसास हो गया कि मेरा टेंपरामेंट फ़िल्मी दुनिया के रवैये के मुताबिक़ नहीं है। मैं शायद ही कभी बॉलीवुड में एडजेस्ट हो पाऊँ। इस तरह मैंने फ़िल्मी दुनिया को अलविदा कह दिया। कुछ दिन बाद मैंने डैडी से कहा कि मैं

हैदराबाद का फॉर्म हाउस सँभालना चाहता हूँ। उन्होंने इस पर भी कोई ऐतराज़ नहीं जताया और मैं हैदराबाद चला आया। आज मैं जो कुछ भी हूँ डैडी के उसूलों की वजह से हूँ। इतना ही नहीं, उन्हीं उसूलों से सीखकर मैंने अपने बच्चों को भी उसूलों की ज़िन्दगी जीना सिखाई है।"

अजीत के अभिनेता बेटे शहज़ाद अली भी याद करते हैं कि "होश सँभालने के बाद मैंने डैडी को एक सख़्त पिता के रूप में पाया। उन्होंने हमें फ़िल्म इंडस्ट्री के माहौल से हमेशा अलग रखा। डैडी ने हमें तहज़ीब और अदब की शिक्षा दी। हम लोग अपने घर के नौकरों तक से 'आप' कहकर बात करते थे। डैडी का व्यक्तित्व इतना रोबदार था कि मैं कभी उनसे बहुत खुल नहीं सका। मेरी पढ़ाई कैसी चल रही है? इस बारे में वे हमेशा जानकारी लेते रहते थे। वो चाहते थे कि मैं इंजीनियर या डॉक्टर बनूँ लेकिन मेरा दिल ऐसे किसी प्रोफ़ेशन में जाने का नहीं था। जब मैं बड़ा हुआ तो मैं फ़िल्मों में जाना चाहता था। एक दिन मैंने डैडी से कहा कि आपके दौर के हीरो अपने अपने बेटों को फ़िल्मों में लांच कर रहे हैं। मेरे लिए भी आप कोई फ़िल्म लांच कीजिए। उन्होंने मुझे दो टूक लफ़्ज़ों में कहा कि मैंने तुम्हें अच्छी शिक्षा दी, शानादार पर्सनॉल्टी दी और क्या चाहिए? फ़िल्मों में जाना है, तो ख़ुद संघर्ष करो। मैं भी जब यहाँ आया था, तो मुझे कोई लांच करने वाला नहीं था। जो कुछ बना, अपने दम पर बना। इसके बाद मैंने कभी उनसे फ़िल्मों के बारे में बात नहीं की। अपने दम पर काम ढूँढ़ा। जब मुझे फ़िल्में मिलने लगीं तो मैंने सोचा, डैडी मेरे किये संघर्ष से ख़ुश होंगे, लेकिन वे नहीं चाहते थे कि मैं फ़िल्मों में काम करूँ। इसलिए मेरी कामियाबी से बहुत ख़ुश नहीं हुए।

"डैडी बहुत उसूलों वाले इन्सान थे, लेकिन दोस्तों के लिए किसी भी हद तक जा सकते थे। रिश्ते उनके लिए पूरी ज़िन्दगी बहुत अहम रहे। मैं ऐसे क़ुछ प्रोड्यूसरों को जानता हूँ, जिनकी फ़िल्में आर्थिक संकट की वजह से पूरी नहीं हो पायीं, तो उन्होंने डैडी से फ़ोन कर मदद माँगी और डैडी ने उनकी मदद भी की। अक्सर वे कहा करते थे कि इससे पहले इंडस्ट्री मुझे रिटायर करे, मैं ख़ुद रिटायर हो जाऊँगा और एक दिन ख़ामोशी से फ़िल्मी दुनिया को, जिसमें वे 40 साल काम कर चुके थे, छोड़कर हैदराबाद चले गये। मुझे नहीं लगाता कि यह आसान काम था। हैदराबाद में डैडी ने पूरी तरह

रिटायर्मेंट की ज़िन्दगी ही गुज़ारी। वैसे तो डैडी के चाहने वाले हर जगह हैं लेकिन अमेरिका में उनका जैसा फ़ैन क्लब है, वैसा शायद ही किसी का हो। डैडी की मृत्यु के बाद मुझे एक बार वहाँ बुलाया गया तो मैं हैरत में पड़ गया कि किसी खलनायक को इस तरह और इतने चाहने वाले हो सकते हैं।

"हैदराबाद में अजीत के बड़े बेटे शाहिद अली उनसे कुछ साल पहले ही रहने के लिए आ गये थे। उन्होंने पिता की ज़मीन पर बाग़बानी और खेती शुरू कर दी थी। कुल मिलाकर अजीत को हैदराबाद पहुँचने पर खेती-बाड़ी की सजी-सजायी दुनिया मिल गयी। उन्हें अपने खेतों से जुड़कर बेपनाह सुकून मिला। शाम का वक़्त वे हैदराबाद जिमख़ाना में अपने कुछ परिचितों के साथ या फिर घर पर गुज़ारते थे। उन्होंने मुम्बई में ही नहीं, हैदराबाद में भी अपने व्यवहार को ज़मीन से जोड़कर ही रखा। एक बार मारवाड़ी समाज के एक समारोह में उन्हें चीफ़ गेस्ट बनने का अनुरोध किया गया। अजीत असमंजस में पड़ गये। उन्होंने कहा कि इस तरह का काम उन्होंने कभी नहीं किया इसलिए वे सहज नहीं हो सकेंगे। किसी दूसरे उपयुक्त शख़्स को यह ज़िम्मेदारी दे दीजिए। आयोजकों ने कहा कि आपने सिनेमा की तरक़्क़ी में इतना अहम योगदान दिया है। आप से बेहतर कौन मिलेगा? अजीत ने अपने ठहरे हुए लहजे में धीरे-से कहा कि मैंने सिनेमा कोई योगदान नहीं दिया। मैं तो वहाँ दौलत और शोहरत कमाने के लिए गया था। मैंने जितना काम किया उसके पैसे ले लिए। इसमें योगदान कैसा?"

अजीत ने अपने फार्म पर काम करने वाले किसानों और मज़दूरों से बेहद हमदर्दी का रिश्ता बना लिया। वे उनके सुख-दु:ख में शामिल होने की कोशिश करते थे। उनके हैदराबाद पहुँचने के बाद जब पहली दीवाली आयी, तब अजीत ने खेत में काम करने वाले सभी मज़दूरों और किसानों को नयी धोती और कुर्ते भेंट किये। अगली सुबह जब मज़दूर काम पर आये तो अजीत ने पाया कि उनमें से कुछ मजदूर लंगड़ा रहे हैं और कुछ के मुँह सूजे हुए हैं। अजीत को यह देखकर धक्का से लगा। मज़दूरों ने बताया कि वे दीवाली की शाम को नये कपड़े पहनकर जब गाँव में निकले तब वहाँ के ऊँचे तबके के लोगों ने इसे अपना अपमान समझा कि उनके सामने

कमज़ोर वर्ग के लोग नये कपड़े पहनें। इसलिए उनकी पिटाई की गयी और उनके कपड़े फाड़ दिये गये।

अजीत यह जानकर गुस्से से भर उठे। वे इस सम्बन्ध में पुलिस में शिकायत दर्ज़ कराने की तैयारी कर ही रहे थे कि उनके बेटे शाहिद अली ने उन्हें समझाया कि पुलिस में शिकायत करने से कोई फ़ायदा नहीं होगा। यहाँ के समाज में इस तरह की परम्पराएँ लम्बे समय से चली आ रही हैं। अगर कमज़ोर वर्ग का कोई व्यक्ति साइकिल पर जा रहा है, तो रास्ते में कोई भी बड़ा मकान आने पर उसे साइकिल से उतरकर पैर की चप्पल हाथ में लेकर पैदल जाना होगा, भले ही वह मकान किसी हिन्दू का हो या फिर मुसलमान का। इसी तरह की और भी क्रूर परम्पराएँ थीं।

शामीर पेठ (हैदराबाद) में अजीत का फार्म हाउस

शाहिद काफ़ी पहले से हैदराबाद आकर फार्म का काम सँभालने लगे थे, इसलिए वे वहाँ के हालात से बेहतर तरीक़े से वाक़िफ़ थे। कृषि श्रमिकों की यह दुर्दशा देखकर कि वे साइकिल की सवारी नहीं कर सकते थे या कुलीन इलाक़ों में चप्पल पहनकर नहीं चल सकते थे, अजीत को बेहद दुःख हुआ।

इस सबके अलावा अजीत को एक तरह का मानसिक झटका यह भी लग रहा था कि मुम्बई की तरह यहाँ लोग उन्हें पहचानते नहीं थे। जवानी शुरू होते ही अजीत हैदराबाद छोड़ चुके थे। कई सालों बाद उन्होंने नियमित रूप से हर साल कुछ दिनों के लिए हैदराबाद आना शुरू ज़रूर किया था, लेकिन उस दौरान अधिकतर वे अपने परिवार वालों और कुछ मित्रों के

साथ ही समय बिता पाते थे। अब इतने अर्से बाद हैदराबाद लौटे ज़रूर, लेकिन तब तक हैदराबाद काफ़ी आगे निकल चुका था। बड़ी उम्र के अधिकतर रिश्तेदार और पारिवारिक पहचान के लोग या तो मर चुके थे या बूढ़े हो चुके थे। अजीत की पहचान के गिने-चुने लोग ही रह गये थे। बावजूद इसके कि सिने स्टार वाले लटके-झटके अजीत ने कभी नहीं अपनाये और वे अपने सर्किल में आम इन्सान की तरह ही जीवन बिताते थे, पर वे पहली बार महसूस कर रहे थे कि मशहूर होने के बावजूद जब सामने वाले की आँख में पहचान की चमक नहीं उभरती है तो वह अहसास कैसा होता है? अजीत इसके लिए मानसिक रूप से तैयार नहीं थे।

अपने तीन बेटों, पोते और पोती के साथ अजीत

अजीत ही नहीं, पर्दे पर नज़र आने वाला हर शख़्स ऐसी पहचान का आदी हो जाता है। इधर अजीत के हैदराबाद आने के बाद घर में अब उनकी मर्ज़ी ही चलने लगी। कहा जाता है कि जब बेटों के पाँव में बाप के जूते आने लगें तो बाप को बेटों के प्रति अपना व्यवहार बदल देना चाहिए, लेकिन ऐसा हो कहाँ पाता है? लिहाजा, घर में एक ख़ामोश तनाव ने जगह बनानी शुरू कर दी। फिर भी अजीत धीरे-धीरे उन हालातों से ताल-मेल बैठाने की कोशिश करते रहे, ताकि परिवार में ख़ुशहाली बनी रहे।

लम्बे वक़्त से पर्दे पर न दिखाई देने की वजह से मुम्बई की फ़िल्मी दुनिया में कई लोगों को लगा कि अजीत मर चुके हैं। कुछ लोगों को लगता था कि किसी गम्भीर बीमारी की वजह से अजीत ख़ामोशी से कहीं इलाज

करा रहे हैं, लेकिन लॉयन न तो मरा था, न बीमार था। हाँ, वह अपने आप में सिमटा हुआ वक़्त की तेज़ रफ़्तार को देख रहा था।

और जब अजीत फ़िल्मों से दूर हुए तब उनके बोल हुए डायलॉग सबसे ज़्यादा चर्चित हो गये। उनका 'ज़ंजीर' में ख़ास अन्दाज़ में बोला गया वाक्य 'मोना डार्लिंग' तो लोगों को इतना भाया कि बरसों तक इसकी पैरोडी बनती रही। *"सारा शहर मुझे लॉयन के नाम से जानता है"* ('कालीचरण') लिली, डोंट बी सिली और इसी तरह के कई जुमले जो अजीत ने पर्दे पर बोले थे। लोगों की ज़बान पर चढ़ गये। उस दौर का शायद ही कोई ऐसा मिमिक्री कलाकार होगा, जिसने अजीत की नकल न की हो। इसलिए नहीं कि उनकी नकल करना आसान काम था, बल्कि इसलिए कि अजीत की आवाज़ और अन्दाज़ आम सिने प्रेमियों के दिल में कहीं गहराई तक बसा हुआ था।

मिमिक्री करने में माहिर अभिनेता जावेद जाफ़री को 'मैगी' का एक ऐड करना था। उन्होंने एड में फ़िल्म कालीचरण में अजीत के बोले गये लहजे की हू-ब-हू नकल की। यह ऐड बहुत लोकप्रिय हुआ। जावेद जाफ़री इस सिलसिले में बताते हैं कि "मुझे बचपन से लोगों को इंटरटेन करने में मज़ा आता था। अपने स्कूली दिनों से ही मैं उस दौर के मिमिक्री कलाकार शाहिद बिजनौरी, पण्डित ओंकार, प्रिंस शक़ील आदि को समारोहों में अपनी कला का प्रदर्शन करते देख हैरान हो जाया करता था कि कैसे वो लोग दिलीप कुमार, प्राण, राजकुमार, जीवन और के.एन. सिंह सहित कई अभिनेताओं के बोलने की हू-ब-हू नकल किया करते थे। कॉलेज पहुँचकर मैं भी मिमिक्री करने लगा। उसी समय फ़िल्म 'कालीचरण' के संवाद सुने तो मैं अजीत साहब के लहजे की गिरफ़्त में जकड़ गया। बेहद असरदार, शालीन और सर्द लहजे में वे डायलॉग बोलते थे। दरअसल, कम उम्र से ही उनका ख़ास लहजा मेरे दिमाग़ में हमेशा के लिए क़ैद हो गया था।

मैं क्रिकेट खेलने के लिए मुम्बई के बैंड स्टैंड इलाक़े में बने उस अहाते में जाया करता था, जिससे जुड़ी हुई थी वह बिल्डिंग, जिसमें अजीत साहब रहते थे। उनके बेटे भी साथ में ही क्रिकेट खेलते थे। एक दिन खेल के दौरान ही एक बहुत रोबदार आवाज़ सुनायी दी–"शाहिद बेटे, अब घर में आइए।" मैंने पहली बार उन्हें देखा था। पता नहीं क्यों उनकी आवाज़ और लहजा मेरे

दिमाग़ में कहीं सुरक्षित हो गया। 'कालीचरण' के डायलॉग सुनकर अजीत साहब का वही लहजा और आवाज़ मेरे दिमाग़ में ताज़ा हो गयी।

"कॉलेज में मिमिक्री करने के दौरान मैंने अजीत साहब की मिमिक्री करते हुए संवाद सुनाने शुरू किये। मुझे याद नहीं पड़ता कि इससे पहले किसी मिमिक्री कलाकार ने उनके अन्दाज़ की मिमिक्री की हो। कुछ समय बाद कॉलेज में मुझे ऐसे चुटकुले सुनने को मिले जो अजीत साहब के बोले गये डायलॉगों पर आधारित होते थे। फिर अपने कॉलेज के अलावा दूसरे कॉलेज के छात्रों से भी ऐसे चुटकुले सुनने में आये। मुझे एक चुटकुला अब तक याद है–" *माइकल, इसके साइड में सुई चुभा-चुभाकर इसे मार दो।*" क्यों बॉस–" *बेवकूफ़ यह सुसाइड का केस बन जायेगा।*" मेरा ख़याल है कि यह सब कुछ ख़ुद-ब-ख़ुद हो रहा था। इसके पीछे किसी एक ही आदमी का दिमाग़ नहीं था। अजीत साहब की संवाद अदायगी इतनी लोकप्रिय हो चुकी थी उसे अपने अपने अन्दाज़ में दोहराने में छात्रों को मज़ा आ रहा था और उन्हें पसन्द किया जा रहा था।"

जावेद आगे बताते हैं, "1983 के आस पास मैंने पारले जी का एक ऐड किया, जिसमें बस यों ही एक लाइन अजीत साहब की आवाज़ में बोल दी। ऐड डायरेक्टर प्रहलाद कक्कड़ और सेट पर मौजूद दूसरे लोगों ने उसे बहुत पसन्द किया। फिर मुझे मैगी की ऐड श्रृंखला में काम करने का मौक़ा मिला। मुझे प्रहलाद कक्कड़ जी ने स्क्रिप्ट में बदलाव करने की पूरी छूट दी हुई थी। मैंने स्क्रिप्ट में अजीत साहब के अन्दाज़ ही नहीं, उनके पहनावे को भी शामिल किया। उस ऐड में मैंने अजीत साहब का लोकप्रिय फ़िल्मी पहनावा यानी सफ़ेद सूट का इस्तमाल किया और यादों की बारात फ़िल्म की तर्ज़ पर पैर में एक जूता 8 नम्बर और एक जूता 9 नम्बर का पहना। इसमें मैं मोना डार्लिंग वाले करेक्टर और माइकल बने पंकज कपूर से अजीत साहब के अन्दाज़ में ही कहता हूँ, "*थोड़ी ही देर बाद हमारा हैलीकाप्टर हिन्दुस्तान से बहुत दूर बर्मिंघम पहुँच जायेगा। माइकल तुम साइकल से वहाँ...*" लेकिन तभी माइकल मैगी टोमैटो सास की बोतल निकालता है। तो मैं कहता हूँ "*माइकल, सारा शहर मुझे लॉयन के नाम से जानता है और तुम ये कमबख़्त टमाटर का सास खाते रहते हो*–माइकल जवाब देता है–*बॉस इट्स मैगी हॉट एंड स्वीट टमैटो चिली सास, इट्स डिफरेंट।* मैगी कैचअप की श्रृंखला में

मैंने और भी कई ऐड किये। पहला ऐड ही इतना हिट हुआ कि सारे ऐड में मुझे अजीत साहब की मिमिक्री करनी पड़ी।"

जावेद की मिमिक्री ने अजीत के अन्दाज़ को नये सन्दर्भों के साथ उस दौर में देश के कोने-कोने में पहुँचा दिया, जब न तो देश में इंटरनेट थ न ही मोबाइल फ़ोन। तब तक चुटकुलों की दुनिया में सन्ता-बन्ता का दौर नहीं शुरू हुआ था। धीरे धीरे विभिन्न फ़िल्मों में अजीत के बोले गये डायलॉगों को आधार बनाकर चुटकुले गढ़े जाने लगे। अजीत के अन्दाज़ के बने लतीफ़े देश भर के स्कूलों और कॉलेजों में फैल गये। पढ़े-लिखे वर्ग में इनकी लोकप्रियता का आलम यह हो गया कि कुछ फ़िल्मी पत्रिकाएँ तो अजीत के बोलने के अन्दाज़ में गढ़े गये चुटकुले छापने भी लगीं। मिसाल के लिए *"इसको लिक्विड ऑक्सीजन में डाल दो लिक्विड इसे जीने नहीं देगा और ऑक्सीजन इसे मरने नहीं देगी।"* या फिर *"इसको हेमलेट पॉइज़न पिला दो। थोड़ी देर में टू बी से नॉट टूबी हो जायेगा।"* या एक और बानगी देखिए *"इसको वार्निश पिला दो। यह मर भी जायेगा और फ़िनशिंग भी अच्छी आयेगी...* उस दौर का एक चर्चित चुटकुल है कि लॉयन के गैंग के आदमी माइकल के घर जुड़वाँ बेटे पैदा होते हैं। माइकल बॉस से कहता है कि वो इनके नाम रख दें। बॉस ने कहा, "एक का नाम पीटर रखो और दूसरे का रिपीटर।" इस तरह के न जाने कितने चुटकुले अजीत के बोलने की शैली में गढ़े गये।

अजीत एक मिथक बन चुके थे, लेकिन अपने फार्म हाउस की तन्हाई में वक़्त की रफ़्तार देखते हुए शान्त जीवन गुजार रहे इस शख़्स को इस बात का अहसास ही नहीं था कि उनकी संवाद अदायगी का अन्दाज़ कैसे लोगों के सिर चढ़कर बोल रहा है।

दिलचस्प पहलू यह है कि जब अजीत को बताया गया कि उनके संवादों को आधार बनाकर चुटकुले सुनाये जाने लगे हैं और बोलने की नकल ऐड में भी होने लगी है तो उनकी पहली प्रतिक्रिया थी कि लोगों को मेरी संवाद अदायगी पसन्द थी। इतने साल फ़िल्मों में मुझे न देखकर वे मायूस हुए होंगे और खुद ही मेरी ऐसी छवि गढ़ ली, लेकिन उन्हें अपने ऊपर बनाये गये चुटकुले कभी पसन्द नहीं आये।

लेकिन उन्हें ये भले ही पसन्द न आ रहे हों, ज़माने को अजीत जोक गढ़ने और सुनाने में ख़ूब मज़ा रहा था। मुहावरों को अजीत को अन्दाज़ में बदलकर बहुत-से चुटकुले बनाये गये। जैसे–

बॉस–मोना, इसके दोनों हाथ रंग दो।

मोना–क्यों बॉस?

बॉस–बेवक़ूफ़, जब पुलिस यहाँ आयेगी, तब इसे रंगे हाथों गिरफ़्तार कर लेगी।

इसी तर्ज़ पर पर यह चुटकुला भी है–

बॉस–माइकल, इसके दोनों हाथों में घड़ी बाँध दो।

माइकल–क्यों बॉस?

बॉस–बेवकूफ़, यह घड़ी-दो-घड़ी का मेहमान है।

क़रीब 40 साल हो गये, लेकिन अजीत जोक्स का सिलसिला ख़त्म नहीं हो रहा। कुछ-कुछ समय के बाद एक नया चुटकुला सुनने को मिल जाता है। ग़ौरतलब है कि इस सबकी शुरुआत तो तब हुई थी जब न कम्प्यूटर था न ही इंटरनेट। साल 2000 के आसपास भारत में इंटरनेट के विस्तार के बाद अजीत जोक बहुत तेज़ी से बनाये जाने लगा। इनकी लोगों तक पहुँच भी बहुत आसान हो गयी और अब जब सोशल मीडिया पर 'मीम' बनने का चलन बढ़ा है तब भी अजीत के बोले गये संवादों की तर्ज़ पर 'मीम' लोकप्रिय हो गये हैं लॉयन का जलवा पीढ़ी-दर-पीढ़ी होता हुआ और बदलती हुई टेक्नोलॉजी से दोस्ती करता हुआ आज भी क़ायम है। किसी भी इन्सान की लोकप्रियता का यह एक मानक है, जिसकी मिसाल मुश्किल से ही मिल पायेगी।

हैदराबाद में रहने के दौरान एक दिन अजीत सुबह की सैर पर निकले तो पास में ही रहने वाले एक ऑटो ड्राइवर ने उनसे पूछा कि क्या अब हम लोग आपको कभी पर्दे पर दोबारा नहीं देख पायेंगे? आख़िर आपने फ़िल्मों में काम करना क्यों छोड़ दिया? इस बीच अजीत के पास इनकम टैक्स से नोटिस भी आने लगे। ये नोटिस उनकी पुरानी कमाई के आधार पर आते थे, लेकिन फ़िलहाल अजीत की कमाई इतनी नहीं थी। अजीत ने यह बात समझाने की बहुत कोशिश की, लेकिन इनकम टैक्स विभाग ने एक नहीं सुनी। जिस समय अजीत इनकम टैक्स के सवालों से जूझ रहे थे, उसी वक़्त सीलिंग विभाग ने भी उनसे सवाल-जवाब शुरू कर दिये। अजीत के लिए वे सारी प्रक्रिया खीज भरी और अपमानजनक थीं। फ़िल्मी दुनिया में उनकी जो इज़्ज़त थी और फ़िल्मी पर्दे पर उन्हें जैसी शोहरत मिली थी, उसका कोई फ़ायदा उन्हें नहीं मिला और सरकारी तन्त्र की थका देने वाली कार्रवाई से जूझने में अजीत को काफ़ी मुश्किलें पेश आयीं।

एक दिन कहीं जाने के लिए अजीत हैदराबाद एयरपोर्ट पर मौजूद थे, तो उन्हें पीछे से किसी ने कहा, "क्या आप जल्दी में हैं?" अजीत ने पलटकर देखा तो पाया कि राजेश खन्ना खड़े हुए मुस्कुरा रहे हैं। अजीत ने राजेश खन्ना के साथ महज दो फ़िल्मों में काम किया था और उन दोनों में कभी निकटता भी नहीं रही और मुम्बई छोड़े हुए भी उन्हें कई साल हो गये थे। उस समय अजीत को यह महसूस कर बेपनाह ख़ुशी हुई कि इतना वक़्त गुज़रने के बाद भी हिन्दी सिनेमा के पहले सुपर स्टार के दिल में आज भी उनके लिए इतनी मोहब्बत है। अजीत ओर राजेश खन्ना ने बहुत गर्मजोशी से एक दूसरे को बाहों में भर लिया।

इसके बाद अजीत को अहसास होने लगा कि मुम्बई उन्हें हैदराबाद से भी अच्छी तरह जानती-पहचानती है, इज़्ज़त और प्यार करती है। उनके मन में यह विचार पनपने लगा कि वापस मुम्बई चला जा सकता है। भले ही हमेशा के लिए वहाँ न बसा जाये, लेकिन हैदरबाद और मुम्बई के बीच तालमेल बैठाने में क्या बुराई है? इस बीच शायद कुदरत ने उनकी मुम्बई वापसी का रास्ता आसान करना शुरू कर दिया। अजीत के एक दोस्त एच.एम. इसहाक के बेटे सलीम अख़्तर ने हैदराबाद में उनसे मुलाक़ात कर कहा कि वे एक फ़िल्म बना रहे हैं उसमें वे अजीत को लेना चाहते हैं। सलीम अख़्तर उनके लिए नये नहीं थे। वे सलीम अख़्तर की प्रोड्यूस की गयी पहली फ़िल्म 'चोरों की बारात' (1980) में काम कर चुके थे। अजीत सलीम अख़्तर का प्रस्ताव सुनकर मुस्कुरा दिये। अजीत को अहसास था कि अब दौर बदल चुका है पता नहीं पहले के दौर में जो सम्मान मिलता था, वह अब मिल पाये या नहीं। सम्मान को चोट पहुँचने की वजह से ही उन्होंने फ़िल्मी दुनिया को छोड़ा था। अजीत ने बीमारी का बहाना बनाकर सलीम अख्तर को मनाकर दिया।

कुछ ही दिनों बाद सलीम अख़्तर ने अजीत से फिर सम्पर्क किया। इस बार उन्हें फ़िल्म की कहानी भी सुनायी। अजीत को कहानी तो पसन्द आयी, लेकिन मन की शंका पूरी तरह दूर नहीं हुई थी। फ़िल्मी दुनिया के लोगों को बदला व्यवहार और काम करने के बदल रहे तरीक़ों को लेकर अजीत के सामने यह बात साफ़ नहीं हो रही थी कि उन्हें फ़िल्मों में वापसी करनी चाहिए या नहीं? फिर उन्होंने सलीम अख़्तर के सामने शर्त रखी कि वे फ़िल्म में काम तो कर लेंगे, लेकिन अगर माहौल पसन्द नहीं आया तो वे फिर काम नहीं करेंगे।

सलीम अख़्तर ने फ़ौरन उनकी शर्त मान ली और फिर एक दिन अजीत ने दोबारा बड़े पर्दे का रुख़ कर लिया। वे जिस तरह अचानक चले गये थे उसी खामोशी से अचानक लौट भी आये। सलीम ने फ़ौरन अजीत को अपनी फ़िल्म 'पुलिस अफ़सर' (1992) के लिए साइन कर लिया।

पुलिस अफ़सर में अजीत अपने पुराने रूप में ही लौटे। वे हथियारों के सौदागर के रूप में एक खूँखार बॉस दीन दयाल उर्फ़ डीडी के रूप में पर्दे पर नज़र आते हैं, जो ख़ुद को 'डेडली डेंजरेस' बताते हैं। फ़िल्म में सदाशिव अमरापुरकर, परेश रावल, टीनू आनन्द, गुलशन ग्रोवर जैसे दूसरी पीढ़ी के कलाकार डीडी के मुक़ाबले छोटे नज़र आते हैं। चेहरे पर हल्की दाढ़ी और कई फ़िल्मों में पहनी पसन्दीदा पोशाक सफ़ेद सूट में वे वही बॉस नज़र आते हैं, जिसे 'तेजा' और 'लॉयन' के रूप में दर्शक देख चुके थे। सलीम अख़्तर को अन्दाज़ था कि दर्शक आज भी अजीत को पुराने बॉसे के रूप में ही पसन्द करेंगे, इसलिए उनके गेटअप में कोई बदलाव नहीं किया गया। कहानी के दृश्य भी ऐसे लिखे गये जिससे डीडी की क्रूरता पूरे आतंक के साथ पर्दे पर उभरे। डीडी अपने दुश्मन पुलिस अफ़सर जैकी श्रॉफ को ख़त्म करने की बार-बार कोशिश करता है और हर असफल कोशिश के बाद बिना घबराहट दिखाए फिर कोशिश करता है। दरअसल, अजीत के इसी अन्दाज़ के तो दर्शक दीवाने रहे हैं। फ़िल्म सफल रही यानी दर्शकों ने अजीत का स्वागत किया था। अजीत को अहसास हो रहा था कि पुराना समय लौट आया है। अपने प्रति लोगों की आँखों में उभरने वाली चमक उन्हें उसी तरह सन्तुष्ट करने लगी, जैसे किसी कलाकार या साहित्यकार को अपनी कृति देखकर होती है।

लेकिन साथ ही उन्होंने देखा कि फ़िल्म इंडस्ट्री का माहौल बिल्कुल बदल चुका है। अब इंडस्ट्री में पैंतरेबाजों का बोलबाला हो चुका था। कई कलाकार तिकड़म कर अपना रोल बढ़वाता है तो दूसरा उसे कटवा देता है। फ़िल्मों का तकनीकी पक्ष पहले के मुकाबले ज़्यादा सुखद, विकसित और आकर्षक हो गया। लोगों के काम करने का नज़रिया और व्यवहार बहुत बदल गया। रिहर्सल की परम्परा ही खत्म हो गयी। कलाकारों को संवाद सेट पर ही दिये जाते हैं। पहले से फ़िल्म की लम्बी तैयारी की परम्परा दम तोड़ रही है। सारा काम बेहद जल्दबाज़ी में होने लगा। सबसे बड़ी समस्या जो अजीत को दिखी, वह थी बढ़ती अनुशासनहीनता।

जब अजीत ने फ़िल्मों में काम करना छोड़ा था तब इसकी शुरुआत हो चुकी थी, लेकिन अब तो यह अपने चरम पर पहुँच गयी थी, मगर अजीत अपनी शर्तों पर काम कर रहे थे, इसलिए उन्हें फ़िक्र नहीं थीं। उन्हें पता था कि जिस दिन भी दिल नहीं लगा वे वापस हैदराबाद लौट जायेंगे।

अजीत ने न सिर्फ़ फ़िल्म 'पुलिस अफ़सर' पूरी की बल्कि सलीम की अन्य फ़िल्मों 'जिगर' (1992) और 'आदमी' (1993) में भी काम किया। अजय देवगन और करिश्मा कपूर अभिनीत फ़िल्म 'जिगर' में अजीत ने अपनी छवि बदलने की कोशिश की। इस फ़िल्म में खलनायक हैं परेश रावल। 'जिगर' में अजीत का रोल सहानुभूति वाला है। वे मार्शल आर्ट के प्रशिक्षक बाबा ठाकुर बने हैं, लेकिन इस फ़िल्म में उनका गेटअप प्रभावशाली नहीं रहा। इसके अलावा सफेद मूँछों और सफेद लम्बे बालों में वे बहुत बूढ़े नज़र आते हैं, इसलिए वे प्रभाव नहीं छोड़ पाते हैं। सहानुभूति वाले रोल में सफल होने की उनकी यह कोशिश भी नाकाम रही।

'पुलिस अफ़सर' की सफलता के बाद अजीत के दरवाज़े पर फ़िल्मों के प्रस्ताव का जमघट लगने लगा, लेकिन उम्र के असर ने अजीत को आगाह कर दिया था कि पुराने दिनों को महसूस करने और ख़ुद को व्यस्त रखने के लिए उतना ही काम करें, जितने की शरीर इजाज़त दे रहा है। अगले साल उनकी दो ही फ़िल्में आयीं। सलीम अख्तर की प्रोड्यूस की गयी मिथुन चक्रवर्ती स्टारर आदमी और के.सी. बोकाडिया की 'शक्तिमान'। 'आदमी' में अजीत त्रिकाल के रूप में अपने ख़ास अन्दाज़ में दिखे हैं।

फ़िल्म आदमी (1993) में अजीत

त्रिकाल का बारूद और हथियारों की नाजायज़ सप्लाई का धन्धा है। हालाँकि अजीत ने प्रभावशाली किरदार निभाया है, लेकिन शायद मेकअप में बरती गयी लापरवाही की वजह से कहीं-कहीं वे काफ़ी बूढ़े नज़र आये हैं, जिससे परदे पर उनका प्रभाव घट गया है। इस फ़िल्म में सन्तोष सरोज ने उनके लिए कई चुटीले संवाद लिखे हैं।

त्रिकाल-दुश्मन को अक्लमन्द समझना समझदारी की बात है, लेकिन ख़ुद को बेवकूफ़ समझना उससे बड़ी बेवक़ूफ़ी है।

त्रिकाल–ये अजीब मुल्क है। यहाँ माँएँ बुज़दिल बेटों के नाम भी बहादुर रखती है।

एक दृश्य में डी.आई.जी. के कमरे से बेइज़्ज़त करके निकाले गये त्रिकाल ने डी.आई.जी. से इस तरह बात की है।

त्रिकाल–अपनी गली में कुत्ता भी शेर होता है

डी.आई.जी–आप मुझसे कुछ कह रहे हैं?

त्रिकाल–जी नहीं, मैं कुत्ते से कह रहा था।

'शक्तिमान' में भी टाइगर के नाम से अजीत ने ऐसे ही बॉस का किरदार निभाया है, जैसे वे 1973 से 1980 के बीच निभाते रहे थे। दरअसल खलनायकी की अपनी बन चुकी छवि में अब अजीत के पास करने को कुछ बचा नहीं था। उनकी छवि को लेकर कोई नया प्रयोग करने वाला निर्देशक उन्हें मिल नहीं रहा था। इस फ़िल्म का एक संवाद अपने समय में काफ़ी चर्चित रहा था।

टाइगर–इन दोनों को ऐसी मौत देना कि लोगों को कन्धा देने की तकलीफ़ ही न उठानी पड़े।

अजीत बहुत अधिक काम तो नहीं करना चाहते थे, लेकिन मना करते करते भी अजीत को फ़िल्मों के प्रस्ताव स्वीकारने पड़ रहे थे। 1994 में उनकी चार फ़िल्में–'आतिश', 'आ गले लग जा', 'बेताज बादशाह' और 'गैंग्स्टर' रिलीज़ हुईं।

देवानन्द की फ़िल्म 'गैंगसटर' में अजीत को एक महिला के साथ बलात्कार करते दिखाया गया है। यह उनके फ़िल्मी जीवन का ऐसा आखरी सीन था। अजीत ने इस तरह के दृश्य कम फ़िल्मों में ही किये। बलात्कार के सीन में वे बहुत ज़्यादा छीना-झपटी करने और सीन को लम्बा करने के पक्षधर नहीं रहे। ऐसे सीन करने से पहले वे निर्देशक को बता देते थे कि बलात्कार के

सीन में वे एक हद से आगे नहीं जा सकते। हीरों के व्यापारी बने अजीत हत्या कराने, बलात्कार सहित कई नाजायज़ काम करने वाले सेठ चन्दूलाल की भूमिका में हैं। यह फ़िल्म भी अजीत की छवि में कोई ख़ास इज़ाफा नहीं करती, बल्कि खलनायकी वाली उनकी फ़िल्मों में से एक कमज़ोर फ़िल्म रही।

अब अजीत बहुत ज़्यादा थकने लगे थे। उनके बेटे और पत्नी हैदराबाद में ही रहते थे। बीच-बीच में अजीत उनसे मिलने चले जाते थे जो उनके लिए कोई मुश्किल काम नहीं था, लेकिन मुश्किल थी खाने की। परहेज़ की वजह से अब वे कभी भी कहीं भी खाना खाने की हालत में नहीं रह गये थे। जब कि मुम्बई में अकेले रहने की वजह से खाने की व्यवस्था करने में उनको दिक़्क़त महसूस हो रही थी। इस बीच वे महेश भट्ट की फ़िल्म 'क्रिमनल' में काम कर रहे थे, लेकिन किसे पता था कि 'क्रिमिनल' अजीत के जीवन की आख़िरी फ़िल्म साबित होने वाली है।

'क्रिमिनल' में अजीत एक ऐसे निर्दयी व्यापारी बने हैं, जो बेतहाशा पैसे कमाने के लिए अस्पताल खोलता है। उसका इन्सानियत से कोई सरोकार नहीं, इसलिए उसके अस्पताल में मरीज़ के अंग निकालकर महँगे दामों पर बेचने का धन्धा होने लगता है। हालाँकि, फ़िल्म नागार्जुन पर केन्द्रित है और इसके बाद कैमरा गुलशन ग्रोवर, रमैया और मनीषा कोइराला को ज़्यादा दिखाता है। अजीत के पास फ़िल्म में करने के लिए कुछ ख़ास नहीं था।

क्रिमनल का काम ख़त्म कर अजीत हैदराबाद चले गये वे कुछ समय पूरी तरह आराम करना चाह रहे थे। हैदराबाद में नियमित रूप से अजीत अस्पताल में चेकअप कराते रहे, लेकिन मुम्बई चैन से नहीं बैठने देती थी। क़रीब चार महीने से वे हैदराबाद में ही थे। कुछ दिनों के लिए अजीत ने मुम्बई जाने का प्रोग्राम बना लिया था। जाने से पहले एक बार फिर अस्पताल से चेकअप के बाद घर लौट आये। सब कुछ ठीक ठाक ही था, लेकिन एक दिन बाद उनकी तबीयत ख़राब होने लगी। उन्हें अस्पताल ले जाया गया जहाँ उन्हें भर्ती कर लिया गया। दो दिन बाद अस्पताल में ही उन्हें दिल का दौरा पड़ गया। इसके बाद उनकी तबीयत तेज़ी से गिरती चली गयी। अब स्थितियाँ डाक्टरों के हाथ से निकल चुकी थीं। और फिर 23 अक्टूबर 1998 की शाम को जब मग़रिब की अज़ान हो रही थी, तब हामिद अली ख़ान उर्फ़ अजीत दुनिया से हमेशा के लिए रुख़सत हो गये। यह महज़ इत्तेफ़ाक़ ही है कि जब वे पैदा हुए थे तब भी मग़रिब की अज़ान हो रही थी।

फ़िल्मोग्राफ़ी

नोट–अजीत साहब ने शुरुआती दौर में कुछ फ़िल्मों में एक्सट्रा का रोल भी किया था, लेकिन मज़हर ख़ान की फ़िल्म 'बड़ी बात' (1943) के अलावा मुझे और ऐसी किसी फ़िल्म का नाम नहीं पता चल सका जिसमें अजीत साहब ने एक्स्ट्रा का रोल किया हो। इसके अलावा कई फ़िल्मे ऐसी भी थीं, जिनमें उन्हें शामिल किया गया, लेकिन किन्हीं वजहों से फ़िल्में या तो पूरी नहीं बन सकीं या फिर रिलीज़ नहीं हुईं। मेरा प्रयास रहा है कि उनकी अभिनीत सभी फ़िल्मों का उल्लेख हो सके, लेकिन हो सकता है कि शोध के दौरान शायद कुछ फ़िल्मों का उल्लेख छूट गया हो।

शुरुआत के चार साल अजीत साहब ने हामिद के नाम से फ़िल्में कीं, लेकिन उस दौर की फ़िल्मों का हिन्दी में जहाँ भी उल्लेख हुआ है, उनका नाम हामिद न लिखकर हमीद लिखा गया है।

शाहे मिस्र (1946)

निर्देशक–जी.आर. सेठी।

कलाकार–हमीद, सैम्सन, गीता बोस, मेघमाला, पण्डित कौल, ज़ानकी, सैयद, हिम्मत लाल।

हातिम ताई (1947)

निर्देशक–जी.आर. सेठी।

कलाकार–वनमाला, कमल कपूर, हमीद, अमीर कर्नाटकी, अज़ूरी, विक्रम कपूर और काशीनाथ।

शेरे बंगाल (1947)

निर्देशक–रामजी भाई आर्य और मोहम्मद हुसैन।

कलाकार–डगलस, राजकुमारी, वत्सला कुर्मठकर, दलपत हमीद, नज़ीरा, मिट्ठू मियाँ।

आप बीती (1948)

निर्देशक–कुमार।

कलाकार–कुमार, ख़ुर्शीद, आगा, ई. बिल्मोरिया, हमीद, प्रमिला, लीला मिश्रा और इन्दिरा आचार्य।

बहादुर जीवन (1948)

निर्देशक–हरीश।

कलाकार–लतिका, हरीशचन्द्र राव, दलपत, हमीद, मजनूँ, निराजकर और ई. बिलमोरिया।

रिफ़्यूज़ी (1948)

निर्देशक–हरीश।

कलाकार–उर्मिला, हरीश चन्दर राव, हमीद, मजनूँ, दलपत, केसरबाई, सुलोचना क़दम और सैंडो।

सोने की चिड़िया (1948)

निर्देशक–ई. बिलमोरिया

कलाकार–हरीशचन्द्र राव, लीला कुमारी, वसन्त राव, हमीद, भाटकर, मिराजकर और मजनूँ।

चिलमन (1949)

निर्देशक–मुर्तुज़ा।

कलाकार–हमीद, रेहाना, शान्ति मधोक, अनवरी, शरीफ़।

जन्म पत्री (1949)

निर्देशक–के.पी. शहानी।

कलाकार–हमीद, सुधाराव, प्राण, नज़ीर कश्मीरी, खटाना, ज़ेबुन्निसा, चन्दा बाई, विजय कुमार, लीला गुप्तो, ए. शाह, सुशीला, रतन पिया, शम्मो, अब्दुल।

जन्नत (1949)

निर्देशक–मुर्तुज़ा चंगेज़ी।

कलाकार–हमीद, रेहाना, नज़ीर कश्मीरी, अब्बास अजमेरी, मुंशी मुनक्का, अनवरी, रज़िया अख़्तर, नूरजहाँ, फ़ैयाज़ बेगम, डब्ल्यू.ए. ख़ान, शान्ति मधोक, हैदर आग़ा, प्रतिमा मल्होत्रा।

जीवन साथी (1949)

निर्देशक–एम.डी. बेग़।

कलाकार–अजीत, सुलोचना चटर्जी, मुमताज़ अली, जीवन, बद्री प्रसाद, एस. नज़ीर और सुधाराव।

बेक़सूर (1950)

निर्देशक–के. अमरनाथ।

कलाकार–अजीत, मधुबाला, याकूब, गोप, दुर्गा खोटे, प्रमिला, मंगला और रमेश।

मेहरबानी (1950)

निर्देशक–के. अमरनाथ।

कलाकार–अजीत, बेगम पारा, गोप, याकूब, कामिनी, कुक्कू और रमेश।

सरकार (1951)

निर्देशक–के. अमरनाथ।

कलाकार–अजीत, वीणा, उल्हास, ऊषा किरण, मुराद, एस. नज़ीर, कुक्कू और हीरा लाल।

सैंया (1951)

निर्देशक–एम. सादिक़।

कलाकार–अजीत, मधुबाला, सज्जन, राज मेहरा, जयन्त, वाजिद ख़ान, रमेश सिन्हा, लीला चिटणिस, कुक्कू और रमेश ठाकुर।

दामन (1951)

निर्देशक–नाना भाई भट्ट।

कलाकार–अजीत, निगार, प्राण, आग़ा, हीरा लाल, यशोधरा काटजू, इन्दु, ए. प्रभु, अचला और रमेश ठाकुर।

ढोलक (1951)

निर्देशक–रूप के. शोरी।

कलाकार–अजीत, मीना शोरी, यशोधरा काटजू, मनमोहन कृष्ण, मजनूँ, शकुन्तला, सतीश बत्रा, आमीर बानो, कठाना, वेद पुरी, उमा देवी और राम लाल।

अन्नदाता (1952)

निर्देशक–इस्माइल मेमन।

कलाकार–अजीत, वीणा, कन्हैया लाल, एन.ए. अंसारी, संकटा प्रसाद, शरीफ़ा, नज़ीर कश्मीरी, मुकरी, शेख़ मुख़्तार नीना मेकर और मुराद।

आनन्दमठ (1952)

निर्देशक–हेमेन गुप्ता।

कलाकार–पृथ्वीराज कपूर, गीता बाली, प्रदीप कुमार, अजीत, रंजना, भारत भूषण, मुराद, माइकल, सुदेश, जानकी दास, नूरजहाँ, शीला रमानी और भुजबल।

मोती महल (1952)

निर्देशक–रवीन्द्र दवे।

अजीत, सुरैया, जीवन, वीरा, सतीश, रतन कुमार, बी.एम. व्यास, इन्दिरा मुमताज़, बेबी तबस्सुम और रमेश ठाकुर।

तरंग (1952)

निर्देशक–आई.सी. कपूर

कलाकार–अजीत, मुनव्वर सुल्ताना, जीवन, मनोरमा, निरंजन शर्मा, ललिता और बेबी रेहाना।

नास्तिक (1954)

निर्देशक–आई.एस. जौहर

कलाकार–अजीत, नलिनी जयवन्त, उल्हास, राज मेहरा, लीला मिश्रा, रूपमाला, मुमताज़ बेगम, आई.एस. जौहर और भुजबल।

मान (1954)

निर्देशक–डॉ. सफ़दर आह।

कलाकार–अजीत, चित्रा, कुमार, जागीरदार, अचला सचदेव, यशोधरा काटजू, दुर्गा खोटे, कमलेश कुमारी और चन्दा बाई।

सम्राट (1954)

निर्देशक–नजम नक़वी।

कलाकार–अजीत, रेहाना, कमलेश कुमारी, सप्रू, मुमताज़ अली, राजन हक्सर, कनु रॉय, एस.एल. पुरी, राम सिंह, रणधीर और भुजबल।

मेरीन ड्राइव (1955)

निर्देशक–जी.पी. सिप्पी

कलाकार–अजीत, बीना रॉय, के.एन. सिंह, जॉनी वॉकर, हरि शिवदासानी, मोहना, राजन कपूर, उमा देवी, विजय लक्ष्मी और मूसा।

बारादरी (1955)

निर्दशक–के. अमरनाथ।

कलाकार–अजीत, गीताबाली, प्राण, मुराद, चन्द्रशेख़र, अमीर बानो, गुलनार, मुमताज़, गोप, रमेश ठाकुर और तिवारी।

नक़ाब (1955)

निर्देशक–लेखराज भाखरी।

शम्मी कपूर, मधुबाला, अजीत, आशा माथुर, यशोधरा काटजू, मारुति और हीरा लाल।

शहज़ादा (1955)

निर्देशक–मोहन सिन्हा।

कलाकार–अजीत, बेगम पारा, शीला रमानी, जॉनी वॉकर, क्रष्णा कुमारी, शिवराज, हबीब, मक़बूल, अचला सचदंव और अमृत राणा।

तीरन्दाज़ (1955)

निर्देशक–एच.एस. रवैल।

कलाकार–अजीत, मधुबाला, कुलदीप कौर, जयराज, गोप, सुन्दर, यशोधरा काटजू, चन्द्रशेखर, हेलन, कम्मो, मोहना, पाल शर्मा, भगवान सिहा, कृष्ण वर्मा, राम लाल और रणधीर।

26 जनवरी (1956)

निर्देशक–रमेश सहगल।

अजीत, नलिनी जयवन्त, जॉनी वॉकर, सप्रू, बी.एम. व्यास, लीला मिश्रा, कुक्कू, चमन पुरी, निशी, बलराज मेहता, गजानन जागीरदार, जगदीश सेठी और रणधीर।

आनबान (1956)

निर्देशक–डी.डी. सिन्हा।

कलाकार–अजीत, नलिनी जयवन्त, ऊषा किरण, प्राण, महिपाल, उल्हास, मनमोहन कृषण, पार्वती देवी, माया देवी, नज़ीर और निरंजन शर्मा।

दुर्गेश नन्दनी (1956)

निर्देशक–बी. मित्रा।

कलाकार–अजीत, नलिनी जयवन्त, बीना रॉय, प्रदीप कुमार, निगार सुल्ताना, सप्रू, मुराद, जीवन, विपिन गुप्ता, जानकी दास, नायम पल्ली, शीला वाज़, मंजू और जौहर।

हलाकू (1965)

निर्देशक–डी.डी. कश्यप।

कलाकार–अजीत, मीना कुमार, वीणा, प्राण, सुन्दर, शम्मी, राज मेहरा, हेलन, मीनू मुमताज़, वज़ीर मोहम्मद ख़ान, मुंशी मुनक्का, अमीर बानो और निरंजन शर्मा।

इन्साफ़ (1956)

निर्देशक–केदार कपूर।

कलाकार–अजीत, नलिनी जयवन्त, कमल कपूर, जॉनी वॉकर, दुर्गा खोटे, हेलन, सागर और रमेश तिवारी।

तनख़ा (1956)

निर्देशक–एम चंगेज़ी।

कलाकार–अजीत, निगार सुल्ताना, प्राण, राधा किशन, मुंशी मुनक्का, बासु, नैना, बेबी अनीता।

बड़ा भाई (1957)

निर्देशक–के. अमरनाथ।

कलाकार–अजीत, कामिनी कौशल, अमिता, अनन्त कुमार, कनन्न, जयन्त, कुमकुम, नज़ीर हुसैन, उमेश, टुनटुन और दीपक।

कितना बदल गया इन्सान (1957)

निर्देशक–आई.एस. जौहर।

कलाकार–अजीत, नलिनी जयवन्त, आई.एस. जौहर, कमलजीत ठक्कर, अनिल दत्त, सरोजा, राजा मणि और उदय लक्ष्मी।

मिस बॉम्बे (1957)

निर्देशक–केदार कपूर।

कलाकार–अजीत, नलिनी जयवन्त, रहमान, भगवान, विजय लक्ष्मी, भूदो अडवानी, कठाना, विजय पण्डित, विजय बाला, ख़ुर्शीद, रमेश तिवारी, रमेश ठाकुर और तिवारी।

नया दौर (1957)

निर्देशक–बी.आर. चोपड़ा।

कलाकार–दिलीप कुमार, वैजयन्ती माला, अजीत, चाँद उस्मानी, जीवन, जॉनी वॉकर, मनमोहन कृष्ण, नज़ीर कश्मीरी, एस. नज़ीर, नज़ीर हुसैन, लीला चिटणिस, प्रोतिमा देवी, डेज़ी ईरानी, मुंशी मुनक्का, एस.एन. बनर्जी, नज़ीर, कुमकुम, मीनू मुमताज़, कठाना और उमा दत्त।

मेहँदी (1958)

निर्देशक–एस.एम. यूसुफ़।

कलाकार–अजीत, जयश्री, वीना, कुमार, बालम, मिर्ज़ा मुशर्रफ़, ललिता पवार, अदीब, इस्माइल, प्रकाश, मक़बूल, जागों, कृष्णकान्त, मुंशी मुनक्का, हमीद, दीनानाथ, अनवरी बाई, केसर बाई, मुमताज़ बेगम और बेबी देविका।

मिलन (1958)

निर्देशक–केदार कपूर।

कलाकार–अजीत, नलिनी जयवन्त, निशी, डेज़ी ईरानी, हेलन, टुनटुन, तिवारी, मारुति, हीरा सावन्त, दर्शन पापाजी, नर्बदा शंकर, जगदीश कँवल, सोहन, राजेन्द्र और बेबी शोभा।

गेस्ट हाउस (1959)

निर्देशक–रवीन्द्र दवे।

कलाकार–अजीत, शकीला, ललिता पवार, प्राण, कुक्कू, हेलन, मारुति, तिवारी, निरंजन शर्मा, विमला कुमारी, हारुन, नादिर, लिलियन, आकाश दीप, पाल शर्मा, राजन कपूर, रजनी कपूर और शीला वाज़।

दो गुण्डे (1959)

निर्देशक–वी.एम. व्यास।

कलाकार–अजीत, कुमकुम, राजकुमार, प्राण, जयश्री गडकर, धूमल, सुबीराज, टुनटुन, डेज़ी ईरानी, सादत अली, प्रेमलता, शशिमाला, अल्हाद, जीलानी, गुलाम मोहिउद्दीन, कृष्णा दुग्गल, अमसारी, अनवरी बाई और नज़ीर।

चार दिल चार राहें (1959)

निर्देशक–ख़्वाजा अहमद अब्बास।

कलाकार–राज कपूर, मीना कुमारी, शम्मी कपूर, अजीत, निम्मी, कुमकुम, जयराज, अनवर हुसैन, डेविड, नाना पलसीकर, मधुरिका, विश्व मेहरा, बिशन खन्ना, राशिद ख़ान, शकुन्तला, जगदीश कँवल, नाज़, रविकांत, अचला, मास्टर प्रदीप और बेबी शोभा।

गेस्ट हाउस (1959)

निर्देशक–रवीन्द्र दवे।

कलाकार–अजीत, शकीला, मारुति, ललिता पवार, प्राण, विमला कुमारी, हेलन, शीला वाज़, कुक्कू, राजन कपूर, पाल शर्मा, निरंजन शर्मा और तिवारी।

दिल्ली जंक्शन (1960)

निर्देशक–मोहम्मद हुसैन।

कलाकार–अजीत, शकीला, निशी, प्रोतिमा बेदी, प्राण, मनोरमा, मुराद, कुक्कू, रफ़ीक़, कमल मोहन, हारुन, जगदीश कँवल, नादिर, सतीश, सरिता, रजनी, ख़ुर्शीद, पाल शर्मा।

बारात (1960)

निर्देशक–के. अमरनाथ।

कलाकार–अजीत, शकीला, मुकरी, प्रोतिमा देवी, मुराद, मुकरी, सज्जन, शीला कश्मीरी, सलीम, शालिनी, ब्रह्म भारद्वाज, गुलनार, पाण्डे, अमृत राणा, रतिकान्त।

मुग़ले आज़म (1960)

निर्देशक–के. आसिफ़।

कलाकार–पृथ्वीराज कपूर, दिलीप कुमार, मधुबाला, दुर्गा खोटे, अजीत, निगार सुल्ताना, कुमार, मुराद, जिल्लो बाई, शीला दलाया, विजय लक्ष्मी,

एस. नज़ीर, ख़ुर्शीद ख़ान, ख़्वाज़ा साबिर, शाह गुल, माह गुल, पाल शर्मा, सैयद हुसैन, ग़ुलाम साबिर, सुरेन्द्र, गोपी कृष्ण, जॉनी वॉकर, जलाल आग़ा और तबस्सुम।

माँ के आँसू (1960)

निर्देशक–धीरू भाई देसाई।

कलाकार–अजीत, नलिनी जयवन्त, ललिता पवार, आग़ा, कम्मो, कुक्कू, नज़ीर कश्मीरी, अनवरी बाई, चेतन कुमार, पी कैलाश, निरंजन शर्मा, जानकी दास, टुनटुन, सादिक़, डब्ल्यू.एम. ख़ान, जगदीश कमले, सूर्यकान्त, अजीत कुमार, एस.के. सिंह, मधु आप्टे, नवनीत, रमेश कुमार, फ़ज़लू, आर.एस. दुबे, मक़बूल, एच.एन. कल्ला, केसरी, गिरीश, चन्द्रकान्त और सुन्दर लाल।

मैं और मेरा भाई (1961)

निर्देशक–धरम कुमार।

कलाकार–अजीत, अमिता, महमूद, नादिरा, ललिता पवार, मुकरी, नज़ीर हुसैन, हेलन, लीला मिश्रा, टुनटुन, सैम्सन, जगदीश राज, राज दीवान, मक़बूल और निरंजन शर्मा।

ओपेरा हाउस (1961)

निर्देशक–प्यारे लाल।

कलाकार–अजीत, सरोजा देवी, के.एन. सिंह, मारुति, बालम, निरंजन शर्मा, एस.एन. बनर्जी, बेला बोस, मिर्ज़ा मुशर्रफ़, ललिता पवार और जॉनी व्हिस्की।

गर्ल्स हॉस्टल (1962)

निर्देशक–रवीन्द्र दवे।

कलाकार–अजीत, नलिनी जयवन्त, जॉनी वॉकर, कुक्कू और श्याम लाल।

नीली आँखें (1961)

निर्देशक–वेद–मदन।

कलाकार–अजीत, शक़ीला, हेलन, जॉनी वॉकर, राज मेहार, बालम, टुनटुन, राज दीवान, शेट्टी और तिवारी।

टॉवर हाउस (1962)

निर्देशक–एन ए अंसारी।

कलाकार–अजीत, शक़ीला, एन.ए. अंसारी, भगवान, मधुमती, प्रोतिमा देवी, एस. बनर्जी, नीलोफ़र और राजन कपूर।

शिकारी (1963)

निर्देशक–मोहम्मद हुसैन।

कलाकार–अजीत, रागनी, हेलन, के.एन. सिंह, मदन पुरी, टुनटुन, शाम कुमार, शीला कश्मीरी और रणधीर।

काबुली ख़ान (1963)

निर्देशक–के. अमरनाथ।

कलाकार–अजीत, हेलन, सैम्सन, मुकरी, जयन्त, सलीम ख़ान, इन्दिरा बंसल, उल्हास और नज़ीर कश्मीरी।

मैं सुहागन हूँ (1964)

निर्देशक–कुन्दन कुमार।

कलाकार–माला सिन्हा, अजीत, निशी,नज़ीर हुसैन और तिवारी।

आवारा बादल (1964)

निर्देशक–अजीत, रागनी, जगदीश सेठी, धूमल, हेलन, इन्दिरा बिल्ली, लीला मिश्रा, इफ़्तेख़ार, टुनटुन, इन्दिरा बंसल, केशव, निरंजन शर्मा और तिवारी।

मैं हूँ अलाउद्दीन (1965)

निर्देशक–मोहम्मद हुसैन

कलाकार–अजीत, सईदा ख़ान, मदन पुरी, मारुति, श्याम कुमार, डेविड, मुंशी मुनक्का, जागीरदार, हबीब, ख़ुर्शीद, रतन माला, मुमताज़ बेगम और लाला नज़र।

बॉम्बे रेस कोर्स (1966)

निर्देशक–केदार कपूर।

कलाकार–अजीत, नलिनी जयवन्त, जॉनी वॉकर।

नौजवान (1966)

निर्देशक–चाँद।

कलाकार–अजीत, दारा सिंह, निशी, हेलन, रन्धावा, मदन पुरी, चमन पुरी, बेला बोस, मधुमालती, रणधीर, रामलाल और तिवारी।

सूरज (1966)

निर्देशक–टी प्रकाश।

कलाकार–राजेन्द्र कुमार, वैजयन्ती माला, अजीत, दुर्गा खोटे, जॉनी वॉकर, ललिता पवार और मुमताज़।

अरेबियन नाइट्स / पैनिक इन बग़दाद (1967)

निर्देशक–नाना भाई भट्ट।

कलाकार–अजीत, मुमताज़, भगवान, राजन हक्सर, श्याम कुमार, राम मोहन, मधुमति, हरक्यूलिस, मोहन चोटी, बोला बोस और पूर्णिमा।

दिलरुबा (1967)

निर्देशक–मोहम्मद हुसैन।

कलाकार–अजीत, कुमकुम, मदन पुरी, मधुमति, हेलन, मारुति और श्याम कुमार।

दो दुश्मन (1967)

निर्देशक–मोहम्मद हुसैन।

कलाकार–अजीत, दारा सिंह, मुमताज़, शेख़ मुख़्तार, वीणा, आग़ा, उल्हास और बेला बोस।

सरदार (1967)

निर्देशक–बाबू भाई मिस्त्री।

कलाकार–अजीत, दारा सिंह, शेख़ मुख़्तार, निशी, हेलन, जयन्त, चन्द्रशेखर, जीवन कला और तिवारी।

राजा और रंक (1968)

निर्देशक–के.पी. आत्मा।

कलाकार–संजीव कुमार, नाजिमा, अजीत, निरूपा रॉय, मुकरी, कमल कपूर और मोहन चोटी।

प्रिंस (1969)

निर्देशक–लेख टण्डन।

कलाकार–शम्मी कपूर, वैजयन्ती माला, अजीत।

आदमी और इन्सान (1969)

निर्देशक–यश चोपड़ा।

कलाकार–धर्मेन्द्र, फ़िरोज़ ख़ान, सायरा बानो, मुमताज़, जॉनी वॉकर, कामिनी कौशल, रूपेश कुमार, इफ़्तेख़ार, करन दीवान, मदन पुरी, अजीत, नाना पल्सीकर और मनमोहन कृष्ण।

द किलर / हम सब क़ातिल हैं (1969)

निर्देशक–मारुति।

कलाकार –दारा सिंह, शेख़ मुख़्तार, अजीत, हेलन, लीला चिटणिस, बेला बोस और मारुति।

नन्हा फ़रिशता (1969)

निर्देशक–टी. प्रकाश राव।

कलाकार–अनवर हुसैन, प्राण, अजीत, बलराज साहनी।

धरती (1970)

निर्देशक–सी.वी. श्रीधर।

कलाकार–राजेन्द्र कुमार, वहीदा रहमान, कामिनी कौशल, अजीत और बलराज साहनी।

हीर राँझा (1970)

निर्देशक–चेतन आनन्द।

कलाकार–राजकुमार, प्रिया राजवंश, प्राण, अजीत, पृथ्वीराज कपूर, जयन्त, सप्रू, कामिनी कौशल, जीवन और नाना पलसीकर।

जीवन मृत्यु (1970)

निर्देशक–सत्येन बोस।

कलाकार–धर्मेन्द्र, राखी, अजीत, कन्हैया लाल।

अन्दाज़ (1971)

निर्देशक–रमेश सिप्पी।

कलाकार–शम्मी कपूर, हेमा मालिनी,अचला सचदेव, अरुणा ईरानी, डेविड, रूपेश कुमार विशेष भूमिका में–अजीत,राजेश खन्ना, सिम्मी और सोनिया साहनी।

लाल पत्थर (1971

निर्देशक–सुशील मजूमदार।

कलाकार–राज कुमार, हेमा मालिनी, राखी, विनोद मेहरा, लीला मिश्रा, पद्मा खन्ना, सत्येन कप्पू, पेंटल, विशेष भूमिका में अजीत और सप्रू।

पराया धन (1971)

निर्देशक–राजेन्द्र भाटिया।

कलाकार–राकेश रोशन, हेमा मालिनी, बलराज साहनी, अजीत, हम्माद जाफ़री, चमन पुरी, अभि भट्टाचार्य, अचला सचदेव, ओम प्रकाश।

पतंगा (1971)

निर्देशक–केदार कपूर।

कलाकार–शशि कपूर, विमी, अजीत, सज्जन, राजेन्द्र नाथ, लीला मिश्रा, ज़ेब रहमान।

वीर छत्रसाल (1971)

निर्देशक–हरसुख भट्ट।

कलाकार–सोहराब मोदी, अजीत, राजश्री (दक्षिण की कलाकार), जीवन, गजानन जागीरदार, ललिता पवार, हबीब और श्याम कुमार।

दिल का राजा (1972)

निर्देशक–पी. माधवन।

कलाकार–राजकुमार, लीना चन्द्रावरकर, अजीत, बिन्दु, जगदीप, जानकी दास, रणधीर, इन्द्राणी मुखर्जी, विशेष भूमिका में वहीदा रहमान।

रानी मेरा नाम (1972)

निर्देशक–के.एस.आर. दास

कलाकार–प्रेमनाथ, विजय ललिता, अजीत, मदन पुरी, अनवर हुसैन, इफ़्तेख़ार, नज़ीर हुसैन, विनोद मेहरा, फ़रियाल, ओम प्रकाश।

सुल्ताना डाकू (1972)

निर्देशक–मोहम्म्द हुसैन।

कलाकार–दारा सिह, हेलन, अजीत, पद्मा खन्ना, सप्रू, भगवान, श्याम कुमार, हबीब, शमिंदर और राजन कपूर।

बँधे हाथ (1973)

निर्देशक–ओ.पी. गोयल।

कलाकार–अमिताभ बच्चन, मुमताज़, अजीत, ओ.पी. रल्हन, कुमुद छुगानी, सरदार अख़्तर, मदन पुरी, रणजीत, गजानन जागीरदार, असित सेन, टुनटुन और पिंचू कपूर।

चालाक (1973)

निर्देशक–टी.एन. शर्मा / आर.के. बनर्जी

कलाकार–किरण कुमार, राधा सलूजा, अलका, जगदीश राज, अजीत, गौतम सरीन, पी. जयराज, डैनी।

छुपा रुस्तम (1973)

निर्देशक–विजय आनन्द।

कलाकार–देवानन्द, हेमा मालिनी, विजय आनन्द, अजीत, प्रेम चोपड़ा, बिन्दु, वीणा, सज्जन, श्याम कुमार, कामरान और प्रेमनाथ।

ग़द्दार (1973)

निर्देशक–हरमेश मल्होत्रा।

कलाकार–विनोद खन्ना, योगिता बाली, प्राण, मदनपुरी, अनवर हुसैन, रंजीत, मनमोहन, इफ़्तेख़ार, सत्येन कप्पू, राम मोहन, पद्मा खन्ना और विशेष भूमिका में अजीत तथा जानकी दास।

धर्मा (1973)

निर्देशक–चाँद।

कलाकार–नवीन निश्चल, रेखा, प्राण, अजीत, बिन्दु, मदन पुरी, रमेश देव, फरियाल, असित सेन, सोनिया साहनी, राजन हक्सर, जयश्री टी. और मोहन चोटी।

ज़ुगनू (1973)

निर्देशक–प्रमोद चक्रवर्ती।

कलाकार–धर्मेन्द्र, हेमा मालिनी, प्राण, अजीत, प्रेम चोपड़ा, मनमोहन, नज़ीर हुसैन, महमूद, सोनिया साहनी और जयश्री टी.।

कहानी क़िस्मत की (1973)

निर्देशक–अर्जुन हिंगोरानी।

कलाकार–धर्मेन्द्र, रेखा, अजीत, सुलोचना, भारत भूषण, जानकी दास, शेट्टी, राजेन्द्र नाथ और जयश्री टी.।

फिर आया तूफ़ान (1973)

निर्देशक–बी.जी. पटेल।

कलाकार–दारा सिंह, मधु मालिनी, अजीत, गुल हमीद, रणधावा और बी.एम. व्यास।

शरीफ़ बदमाश (1973)

निर्देशक–राज खोसला।

कलाकार–देवानन्द, हेमा मालिनी, अजीत, जीवन, भगवान, हेलन, मनमोहन, त्रिलोक कपूर, श्याम कुमार, सप्रू, बीरबल और जानकी दास।

यादों की बारात (1973)

निर्देशक–नासिर हुसैन।

कलाकार–धर्मेन्द्र, ज़ीनत अमान, विजय अरोड़ा, अजीत, तारिक, अनामिका, इम्तियाज़ ख़ान, सत्येन कप्पू, मुराद और शेट्टी।

ज़ंजीर (1973)

निर्देशक–प्रकाश मेहरा।

कलाकार–अमिताभ बच्चन, जया भादुड़ी, प्राण, अजीत, बिन्दु, ओम प्रकाश, इफ़्तेख़ार, सप्रू, सत्येन कप्पू और केश्टो मुखर्जी।

बदला (1974)

निर्देशक–विजय।

कलाकार–शत्रुघ्न सिन्हा, मौसमी चटर्जी, अजीत, जॉनी वॉकर, महमूद, पद्मा खन्ना, मदन पुरी, इफ़्तेख़ार, अनवर हुसैन और शेट्टी।

चट्टान सिंह (1974)

निर्देशक–केदार कपूर।

कलाकार–विनोद मेहरा, प्रेमनाथ, योगिता बाली, अजीत, अरुणा ईरानी, रूपेश कुमार, चन्द्रशेखर, राम मोहन, रणधीर और तिवारी।

दुनिया का मेला (1974)

निर्देशक–कुन्दन कुमार।

कलाकार–संजय ख़ान, रेखा, रहमान, जीवन, महमूद, बिन्दु, रंजीत, शेट्टी, जगदीश राज, सुन्दर और विशेष भूमिका में अजीत, असरानी और मुकरी।

जीवन रेखा (1974)

निर्देशक–नाना भाई भट्ट।

कलाकर–प्राण, फ़रीदा जलाल, तबरेज़, जलाल आग़ा, अजीत, मनमोहन, केश्टो मुखर्जी, चन्द्रशेख़र, असित सेन और शेट्टी।

खोटे सिक्के (1974)

निर्देशक–नरिन्दर बेदी।

कलाकार–फ़िरोज़ ख़ान, नरेंद्र नाथ, डैनी डेंग्ज़ोंग्पा, रंजीत, अजीत, कुँवर अजीत, रेहाना सुल्तान, सुधीर, पेंटल, लीला मिश्रा, अलका और भूषण तिवारी।

मेरा वचन गीता की क़सम (1974)

निर्देशक–विनोद कुमार।

कलाकार–संजय ख़ान, सायरा बानो, अजीत, जॉनी वॉकर, नाज़िमा, ओम प्रकाश, टुनटुन, मदन पुरी, जानकी दास और तिवारी।

पाप और पुण्य (1974)

निर्देशक–प्रयाग राज।

कलाकार–शशि कपूर, शर्मीला टैगोर, अजीत, अरुणा ईरानी, सप्रू, असरानी, अचला सचदेव, पिंचू कपूर, जगदीश राज, इन्द्राणी मुखर्जी, रूपेश कुमार और कुणाल कपूर।

पत्थर और पायल (1974)

निर्देशक–हरमेश मल्होत्रा।

कलाकार–धर्मेन्द्र, हेमा मालिनी, विनोद खन्ना, अजीत, इफ़्तेखार, सप्रू, जानकी दास, जोगिन्दरर और शेट्टी।

दो झूठ (1975)

निर्देशक–जीतू ठाकुर।

कलाकार–विनोद मेहरा, मौसमी चटर्जी, प्रेम चोपड़ा, कामिनी कौशल, प्राण, अलका, नाज़, सुलोचना, सुन्दर, तिवारी, टुनटुन, केशव राणा, नर्मदा शंकर, राज मेहरा, अरुणा ईरानी, अजीत।

दफ़ा 302 (1975)

निर्देशक–चाँद।

कलाकार–अशोक कुमार, रणधीर कपूर, रेखा, प्रेम नाथ, अजीत, बिन्दु, अरुणा ईरानी, जयराज, फ़रियाल, मदन पुरी, मुराद और रणधीर।

मेरे साजना (1974)

निर्देशक–केवल कुमार।

कलाकार–राखी, नवीन निश्चल, अजीत, हेलन, मुराद, चमन पुरी और जगदीश राज।

प्रतिज्ञा (1975)

निर्देशक–दुलाल गुहा।

कलाकार–धर्मेन्द्र, हेमा मालिनी, अजीत, जॉनी वॉकर, इम्तियाज़, जगदीप, अभि भट्टाचार्य, केश्टो मुखर्जी, सप्रू, सत्येन कप्पू, तिवारी, नज़ीर हुसैन, लीला मिश्रा, अलका, मधु मालिनी, राम मोहन, सुन्दर, बीरबल, भूषण तिवारी, विशेष भूमिका–(प्रदीप कुमार, उर्मिला भट्ट)।

वारंट (1975)

निर्देशक–प्रमोद चक्रवर्ती

कलाकार–देवानन्द, ज़ीनत अमान, अजीत, प्राण, दारा सिंह, सतीश कौल, जानकी दास, सुलोचना, मदन पुरी, अरुणा चौधरी, सीमा कपूर, जगदीश राज, बीरबल, जोगिन्दर, हबीब।

बारूद (1976)

निर्देशक–प्रमोद चक्रवर्ती

कलाकार–अशोक कुमार, ऋषि कपूर, शोमा आनन्द, अजीत, रीना रॉय (विशेष भूमिका), प्रेम चोपड़ा, मनमोहन, श्रीराम लागू, असित सेन, मदनपुरी, डेविड, बीरबल।

चरस (1976)

निर्देशक–रामानन्द सागर।

कलाकार–धर्मेन्द्र, हेमा मालिनी, अजीत, अमजद ख़ान, अरुणा ईरानी, असरानी, केश्टो मुखर्जी, सुजीत कुमार, टॉम अल्टर (नयी खोज), जयराज, सप्रू, सज्जन, शैलेश कुमार, मधुमति, आग़ा, सुन्दर, कनु रॉय, बीरबल, विजु खोटे, हरक्यूलिस, शाहिद बिजनौरी, अतिथि कालकार–नज़ीर हुसैन, मनमोहन कृष्ण।

जानेमन (1976)

फ़िल्म कम्पनी–नवकेतन इंटरनेशनल।

निर्देशक–चेतन आनन्द।

कलाकार–देवानन्द, हेमा मालिनी, अजीत, प्रेमनाथ, दुर्गा खोटे, पेंटल, सुधार, गौतम सरीन, हरक्यूलिस, भरत कपूर, जगदीश राज, जानकी दास, इफ़्तेख़ार, शमीम बानो, मनमौजी, शरत सक्सेना, रज्जन।

कालीचरण (1976)

फ़िल्म कम्पनी–पृथ्वी पिक्चर्स, बम्बई।

निर्देशक–सुभाष घई।

कलाकार–शत्रुघ्न सिन्हा, रीना रॉय, अजीत, प्रेमनाथ, अलका, मदन पुरी, डैनी, कृष्ण धवन, डेविड, लीला मिश्रा, शैलेश कुमार, विजु खोटे, हेलन, शेट्टी, अशोक खन्ना, भानुमती, दिनेश ठाकुर, रतन गौरांग, माणिक।

रंगीला रतन (1976)

फ़िल्म कम्पनी–आर.वी. फ़िल्म्स, बम्बई।

निर्देशक–एस. रामनाथन।

कलाकार–अशोक कुमार, ऋषि कपूर, परवीन बॉबी, अजीत, जीवन, दुर्गा खोटे, श्यामा, नरेन्द्रनाथ, सुन्दर, श्रीराम लागू, पिंचू कपूर, केश्टो मुखर्जी, मनोरमा, उर्मिला भट्ट, टुनटुन, विजु खोटे, बीरबल, शेख़र पुरोहित, बब्बन लाल यादव।

संग्राम (1976)

फ़िल्म कम्पनी–आर.एस. आर्ट, बम्बई।

निर्देशक–हरमेश मल्होत्रा।

कलाकार–शत्रुघ्न सिन्हा, रीना रॉय, अजीत, डैनी, जगदीप, नज़ीर हुसैन, भगवान, जूनियर महमूद, शेट्टी, हरक्यूलिस, अरुणा ईरानी, ललिता पवार।

शाही लुटेरा (1976)

निर्देशक–मोहम्मद हुसैन।

कलाकार–किरण कुमार, आशा सचदेव, अजीत, हिना कौसर, रूपेश कुमार, जगदीर, मीना टी., राजन हक्सर, मुराद और दारा सिंह।

शंकर शम्भू (1976)

निर्देशक–चाँद।

कलाकार–फ़िरोज़ ख़ान, विनोद खन्ना, सुलक्षणा पण्डित, अजीत, अनवर हुसैन, जगदीप, जानकी दास, सुधीर, सुलोचना, प्रदीप कुमार और ललिता पवार।

आख़िरी गोली (1977)

निर्देशक–शिबू मित्रा।

कलाकार–सुनील दत्त, लीना चन्द्रावरकर, अजीत, अमजद ख़ान, निरूपा रॉय, फ़रीदा जलाल, कुँवर अजीत, ओम प्रकाश और रणधीर।

आँख का तारा (1977)

निर्देशक–शान्ति लाल सोनी।

कलाकार–सचिन, बिन्दिया गोस्वामी, अजीत, निरूपा रॉय, बिन्दु, ओम शिवपुरी, भारत भूषण, गजानन जागीरदार, मुकरी, टुनटुन और सी.एस. दुबे।

चला मुरारी हीरो बनने (1977)

निर्देशक–असरानी।

कलाकार–असरानी, बिन्दिया गोस्वामी, सिम्मी, सत्येन कप्पू, डेविड, केश्टो मुखर्जी, ए.के. हंगल और अतिथि भूमिका में धर्मेन्द्र, अशोक कुमार, अजीत, हेमा मालिनी, ऋषि कपूर, नीतू सिंह, रंजीत और नज़ीर हुसैन।

चलता पुर्ज़ा (1977)

निर्देशक–भप्पी सैनी।

कलाकार–राजेश खन्ना, परवीन बॉबी, राकेश रोशन, अजीत, रंजीत, असरानी, सोनिया साहनी, मनमोहन, जानकीदास, मुराद और मनोरमा।

हम किसी से कम नहीं (1977)

निर्देशक–नासिर हुसैन।

कलाकार–ऋषि कपूर, काजल किरण, ज़ीनत अमान, तारिक़, अमजद ख़ान, अजीत, मुराद, टॉम आल्टर और आग़ा।

साहिब बहादुर (1977)

निर्देशक–चेतन आनन्द।

कलाकार–देवानन्द, प्रिया राजवंश, ओम प्रकाश, आई.एस. जौहर, अजीत, के.एन. सिंह, आग़ा, शमा ज़ैदी, असित सेन, भगवान, मुकरी, टॉम आल्टर और विक्की साहू।

आहुति (1978)

निर्देशक–अशोक भूषण।

कलाकार–राजेन्द्र कुमार, शशि कपूर, परवीन बॉबी, राकेश रोशन, अजीत, आशा सचदेव, मदन पुरी, कामिनी कौशल, प्रदीप कुमार, कुलजीत और बीरबल।

आज़ाद (1978)

निर्देशक–प्रमोद चक्रवर्ती

कलाकार–धर्मेन्द्र, हेमा मालिनी, अजीत, प्रेम चोपड़ा, शोमा आनन्द, सुलोचना, केश्टो मुखर्जी, ओम शिवपुरी, जानकी दास, भगवान, बीरबल, मोहन चोटी, विजु खोटे, जगदीश राज, सी.एस. दुबे और गिंचू कपूर।

देस परदेस (1978)

निर्देशक–देवानन्द।

कलाकार–देवानन्द, टीना मुनीम, प्राण, अजीत, महमूद, अमजद ख़ान, प्रेम चोपड़ा, बिन्दु, जानकीदास, टॉम आल्टर और भरत कपूर।

हीरा लाल पन्ना लाल (1978)

निर्देशक–अशोक रॉय।

कलाकार–शशि कपूर, ज़ीनत अमान, रणधीर कपूर, नीतु सिंह, अजीत, अमजद ख़ान, पद्मा खन्ना, लीला मिश्रा, प्रेमनाथ, कामिनी कौशल, मदन पुरी और रंजीत।

कर्मयोगी (1978)

निर्देशक–राम महेश्वरी।

कलाकार–राज कुमार, माला सिन्हा, जीतेन्द्र, रेखा, रीना रॉय, अजीत, नज़ीर हुसैन, योगिता बाली, गजानन जागीरदार, कन्हैया लाल, जगदीप और चन्द्रशेखर।

ख़ून का बदला ख़ून (1978)

निर्देशक–के. परवेज़।

कलाकार–विनोद खन्ना, महेन्द्र सन्धू, आशा सचदेव, अजीत, इम्तियाज़ ख़ान, इफ़्तेख़ार, जयराज, जगदीश राज, जूनियर महमूद, भगवान, आग़ा और शेट्टी।

राम क़सम (1978)

निर्देशक–चाँद।

कलाकार–सुनील दत्त, रेखा, बिन्दिया गोस्वामी, अमजद ख़ान, अजीत, बिन्दु, निरूपा रॉय, जीवन, देव कुमार, सप्रू, जयराज, जानकी दास और जगदीश राज।

गवाह (1979)

निर्देशक–ए. सलाम।

कलाकार–समित, रूही, अजीत, वीणा, मीना टी., मदन पुरी, बेला बोस, हीरा लाल, मुकरी और भगवान।

हीरा मोती (1979)

निर्देशक–चाँद।

कलाकार–शत्रुघ्न सिन्हा, रीना रॉय, डैनी, अजीत, अनवर हुसैन, ओम शिवपुरी, जयराज, भगवान, नरेन्द्र नाथ, पूर्णिमा, राजन हक्सर और शेट्टी।

मिस्टर नटवरलाल (1979)

निर्देशक–राकेश कुमार।

कलाकार–अमिताभ बच्चन, रेखा, अमजद ख़ान, अजीत, कादर ख़ान, इन्द्राणी मुखर्जी, इफ़्तेख़ार, सत्येन कप्पू और यूनुस परवेज़।

राखी की सौगन्ध (1979)

निर्देशक–शिबु मित्रा।

कलाकार–विनोद मेहरा, सारिका, अजीत, अमजद ख़ान, रंजीत, मदन पुरी, राजन हक्सर और जानकी दास।

चोरों की बारात (1980)

निर्देशक–हरमेश मल्होत्रा।

कलाकार–शत्रुघ्न सिन्हा, नीतू सिंह, डैनी, अजीत, जगदीप, जीवन, प्रेमा नारायण, हिना कौसर, रूपेश कुमार, सुधीर और जानकी दास।

कोब्रा (1980)

निर्देशक–बत्रा मोहिन्दर।

कलाकार–अर्धेन्दु घोष, निकी, अजीत, रंजीत, जगदीप, पेंटल, भरत कपूर, बॉब क्रिस्टो, एन.ए. अंसारी और तेज सप्रू।

गरम ख़ून (1980)

निर्देशक–ए. सलाम।

कलाकार–विनोद खन्ना, सुलक्षणा पण्डित, अजीत, इम्तियाज़ ख़ान, बिन्दु, के.एन. सिंह, नज़ीर हुसैन, केश्टो मुखर्जी, हेलन, धूमल और शेट्टी।

काला पानी (1980)

निर्देशक–शिबु मित्रा।

कलाकार–शशि कपूर, नीतू सिंह, अजीत, अमजद ख़ान, बिन्दु, सुलोचना, रज़ा मुराद, सत्येन कप्पू, असित सेन, पी. जयराज और मैक मोहन।

राम बलराम (1980)

निर्देशक–विजय आनन्द।

कलाकार–धर्मेन्द्र, अमिताभ बच्चन, ज़ीनत अमान, रेखा, अजीत, प्रेम चोपड़ा, अमज़द ख़ान, सुजीत कुमार, नाज़नीन, हेलन, उत्पल दत्त और असित सेन।

आख़िरी मुजरा (1981)

निर्देशक–हीरेन नाग।

कलाकार–आशा पारेख, विक्रम, ज़रीना वहाब, अजीत, नादिरा, डॉ. श्रीराम लागू, शौक़त आज़मी, मुकरी, कन्हैया लाल, जगदीप, मुराद और यूनुस परवेज़।

चोरनी (1981)

निर्देशक–ज्योति स्वरूप।

कलाकार–जीतेन्द्र, नीतू सिंह, अजीत, इन्द्राणी मुखर्जी, डॉ. श्रीराम लागू, जलाल आग़ा, हेलन, सोनिया साहनी, लीला मिश्रा, अरुणा ईरानी और मोहन चोटी।

ज्योति (1981)

निर्देशक–प्रमोद चक्रवर्ती।

कलाकार–अशोक कुमार, जीतेन्द्र, हेमा मालिनी, अजीत, विजयेन्द्र, शशिकला, सुलोचना, देवेन वर्मा, पद्मा खन्ना, सज्जन, अरुणा ईरानी, मीना टी., ओम शिवपुरी और सी.एस. दुबे।

ख़ून और पानी (1981)

निर्देशक–चाँद।

कलाकार–फ़िरोज़ ख़ान, जीतेन्द्र, रेखा, परवीन बॉबी, अजीत, रंजीत, इफ़्तेख़ार, ओम शिवपुरी, निरूपा रॉय, सत्येन कप्पू, जगदीप, मुकरी, जयराज, यूनुस परवेज़, जानकी दास और जगदीश राज।

ख़ुदा क़सम (1981)

निर्देशक–लेख टण्डन।

कलाकार–विनोद खन्ना, टीना मुनीम, अजीत, प्राण, नाज़नीन, ज़ाहिरा, कामिनी कौशल, मदन पुरी, जलाल आग़ा, पिंचू कपूर, शक्ति कपूर और सी.एस. दुबे।

मान गये उस्ताद (1981)

निर्देशक–शिबु मित्रा।

कलाकार–अशोक कुमार, शशि कपूर, हेमा मालिनी, अजीत, प्राण, अमजद ख़ान, बिन्दु, सोनिया साहनी, मुराद, मोहन चोटी और शेट्टी।

मंगल पाण्डे (1982)

निर्देशक–हरमेश मल्होत्रा

कलाकार–शत्रुघ्न सिन्हा, परवीन बॉबी, अजीत, नीता मेहता, क़ादर ख़ान, इफ़्तेख़ार, फ़रीदा जलाल, चन्द्र शेख़र, राम मोहन, भगवान, मोहन शेरी और जानकी दास।

जाने जां (1983)

निर्देशक–रमेश बहल।

कलाकार–रणधीर कपूर, नीतू सिंह, अजीत, रंजीत, बिन्दु, पेंटल और सत्येन कप्पू।

रज़िया सुल्तान (1983)

निर्देशक–कमाल अमरोही।

कलाकार–हेमा मालिनी, धर्मेन्द्र, परवीन बॉबी, प्रदीप कुमार, अजीत, वीणा, विजेन्द्र घाटगे, सारिका, सोहराब मोदी, शानदार अमरोही, ताजदार अमरोही, राधा सलूजा, बी.एम. व्यास और भगवान।

राजा और राणा (1983)

निर्देशक–शिबु मित्रा।

कलाकार–अशोक कुमार, प्राण, अजीत, शक्ति कपूर, मदन पुरी, चन्द्रशेखर, राजन हक्सर, पुनीत इस्सर, चाँद उस्मानी, मोहन चोटी, टुनटुन, बॉब क्रिस्टो और मधु मल्होत्रा।

राजतिलक (1884)

निर्देशक–राजकुमार कोहली।

कलाकार–सुनील दत्त, राजकुमार, धर्मेन्द्र,हेमा मालिनी, रीना रॉय, अजीत, प्राण, कमल हासन, सारिका, राज किरण, रंजीता, योगिता बाली, जमुना और ओम प्रकाश।

फाँसी के बाद (1985)

निर्देशक–हरमेश मल्होत्रा।

कलाकार–शत्रुघ्न सिन्हा, हेमा मालिनी, अजीत, अमरीश पुरी, इफ़्तेख़ार, सत्येन कप्पू, जगदीप, भारत भूषण, राम मोहन, मोहन चोटी, जानकीदास और मधु मल्होत्रा।

पुलिस ऑफ़िसर (1992)

निर्देशक–अशोक गायकवाड़।

कलाकार–जैकी श्राफ़, करिश्मा कपूर, परेश रावल, असरानी, अजीत, सदाशिव अमरापुरकर, गुलशन ग्रोवर, रज़ा मुराद, अरुणा ईरानी, गोगा कपूर, इशरत अली, जोगिन्दर और राजा बुन्देला।

आदमी (1993)

निर्देशक–अरशद ख़ान।

कलाकार–मिथुन चक्रवर्ती, गौतमी, अजीत, परेश रावल, गुलशन ग्रोवर, रज़ा मुराद, दिलीप ताहिल, तेज सप्रू, सुलभा आर्य, अंजना मुमताज़ और यूनुस परवेज़।

शक्तिमान (1993)

निर्देशक–के.सी. बोकाड़िया।

कलाकार–अजय देवगन, करिश्मा कपूर, गुलशन ग्रोवर, अजीत, मुकेश खन्ना, कुलभूषण खरबन्दा, परीक्षित साहनी, टिक्कू तलसानिया, बीना और अंजना मुमताज़।

आ गले लग जा (1994)

निर्देशक–हामिद अली।

कलाकार–उर्मिला मातोंडकर, जुगल हंसराज, परेश रावल, गुलशन ग्रोवर, अजीत, रूपेश कुमार, रंजीत, रज़ा मुराद, इशरत अली और दिनेश हिंगू।

क्रिमिनल (1995)

निर्देशक–महेश भट्ट।

कलाकार–नागार्जुन, मनीषा कोइराला, रमैया कृष्णन, अजीत, गुलशन ग्रोवर, बीना, लक्ष्मीकान्त बेर्डे और जॉनी लीवर।

गैंगस्टर (1995)

निर्देशक–देवानन्द।

कलाकार–देवानन्द, ममता कुलकर्णी, अजीत, अनिता अयूब, रूबीना ख़ान, आलोक नाथ, राकेश बेदी और जोगिन्दर।

नोट–अजीत नाम से कई कलाकारों ने बहुत-सी फ़िल्मों में काम किया है। अलग-अलग लोगों द्वारा तैयार की गयी फ़िल्मोग्राफ़ी में इन नामों के लेकर भ्रम की स्थिति है। मिसाल के लिए अभिनेता धर्मेन्द्र के भाई और अभिनेता अभय देओल के पिता ने कुँवर अजीत के नाम से 'दो चोर', 'परछाईं', 'एक नज़र' (1972), 'रईसज़ादा', 'हबारी' (1976) में काम किया है। 'आख़िरी गोली' में अजीत साहब के साथ कुंवर अजीत ने भी काम किया है। इन्होंने कुछ फ़िल्मों में अजीत देओल के नाम से भी काम किया है। इसी तरह 'अनोखी अदा' (1973) और 'हनुमान विजय' (1974) में अजीत सोनी ने काम किया है, लेकिन अजीत सोनी ने अधिकतर फ़िल्में सिर्फ़ अजीत के नाम से की हैं। 'एक हंस का जोड़ा' और 'कादम्बरी' (1975) में एक कलाकार कुमार अजीत के नाम से आये थे। फ़िल्म 'सगीना' (1974) में अजीत बंगाली का उल्लेख है, जबकि 'जुदाई' (1980) में एक अभिनेता अजीत सेन थे। इसी तरह 'आलमआरा' (1970), 'गाँव हमारा शहर तुम्हारा' (1972), 'काँच और हीरा' (1972) तथा 'राख और चिंगारी' (1982) में अजीत सचदेव नाम के कलाकार थे।

लगभग हर छोटे-बड़े अभिनेता के साथ यह होता रहा है कि उन्हें कुछ ऐसी फ़िल्मों में काम करना पड़ जो या तो रिलीज़ नहीं हुईं या फिर पूरी नहीं बन सकीं। साठ के दशक में ऐसी ही एक फ़िल्म 'राजा बेटा' का उल्लेख मिलता है।

रमन स्टूडियो द्वारा बनायी गयी इस फ़िल्म का संगीत रोशन ने दिया था। इस फ़िल्म के गाने उन्होंने 1958 में रिकॉर्ड किये थे। इस फ़िल्म में अजीत के साथ कामिनी कौशल, मोती सागर, शशिकला, शम्मी, हेलन और भगवान ने भी काम किया है, लेकिन यह फ़िल्म रिलीज़ नहीं हो सकी।

1961 के आसपास निर्देशक तारा हरीश ने फ़िल्म 'अब्दुल रहमान' शुरू की। इसका संगीत दे रही थीं उषा खन्ना। इसमें अजीत को लीड रोल दिया गया था, लेकिन पता नहीं चल सका कि इस फ़िल्म का क्या हुआ। 70 के दश्क में एक गुजराती फ़िल्म 'लाखो बंजारन' शुरू हुई थी। इसमें अजीत, चाँद उस्मानी, प्रदीप कुमार, जयराज, पद्मा रानी, हेलन और ईश्वर लाल काम कर रहे थे। आनन्द जोशी के निर्देशन में बन रही यह पहली गुजराती फ़िल्म थी, जिसमें इतनी बड़ी संख्या में हिन्दी फ़िल्मों के सितारे काम कर रहे थे। इस फ़िल्म के पूरा बनने या रिलीज़ होने के बारे में जानकारी नहीं मिल सकी।

60 के दश्क में अजीत और चाँद उस्मानी सहित अन्य कलाकारों को लेकर प्रोड्यूसर टी.ए. रहमान और मोहम्मद अहमद ने भोजपुरी फ़िल्म 'नौटंकी' शुरू की थी। देव आशीष के निर्देशन में बनने वाली इस फ़िल्म का और उल्लेख नहीं मिल सका कि यह फ़िल्म पूरी बनी या बीच में ही रूक गयी। इसी दशक में मारुति के निर्देशन में दारा सिंह, अजीत और शेख़ मुख्तार को लेकर एक फ़िल्म लद्दाख बनाने का भी ऐलान हुआ था।

60 के दशक में ही तारा हरीश के निर्देशन में फ़िल्म 'किशोरी मर्डर केस' शुरू हुई। इसमें अजीत और शकीला मुख्य भूमिका में थे। साथ में लीला चिटणिस, हेलन और एन.ए. अंसारी भी काम कर रहे थे। फ़िल्म की छह रीलें तैयार होने के बाद किन्हीं कारण से फ़िल्म बन्द हो गयी।

1964-65 में अभिनेता मुराद ने अपने निर्देशन में 'शेर-ए-आज़म नज़ीर' नाम से फ़िल्म शुरू की। इसमें लीड रोल में मुराद थे। इसके अलावा अजीत, विजया चौधरी, शेख़ मुख्तार और जगदीप भी फ़िल्म में काम कर रहे थे। डागर बन्धुओं के संगीत निर्देशन में तैयार फ़िल्म के आठ में से दो गानों की भी शूटिंग कर ली गयी, लेकिन चार रीलें बनने के बाद फ़िल्म बन्द हो गयी।

सन्दर्भ

पुस्तकें

1. फ़िल्म गीत कोश–हरमिन्दर सिंह हमराज़
2. फ़िल्मी जगत् अर्धशती का रोमांच–रामकृष्ण, भारतीय ज्ञानपीठ, लोदी रोड नयी, दिल्ली–110003
3. पसे पर्दा (उर्दू)–अनीस अमरोही, (तख़लीककार पब्लिकेशंस, लक्ष्मी नगर, दिल्ली–1100092

पत्रिकाएँ और समाचार पत्र

- फ़िल्म फेयर (अंग्रेज़ी), 10 जून 1955, 21 दिसम्बर 1956, जुलाई 1992
- सिने ब्लिट्ज़ (अंग्रेज़ी), 1991, अक्टूबर 1992
- ज़ी प्रीमियर (अंग्रेज़ी), दिसम्बर 1998
- हिन्दुस्तान टाइम्स (अंग्रेज़ी), 06 मार्च, 1993
- स्क्रीन (अंग्रेज़ी) 07 नवम्बर, 2008
- संडे ऑब्जर्वर (अंग्रेज़ी) 16-22 दिसम्बर, 1990
- माधुरी–22 अप्रैल, 1977
- स्टारडस्ट, सितम्बर, 1992
- धर्मयुग, 01 फरवरी, 1993
- इंडिया टुडे, 15 अक्टूबर 1991, 15 फरवरी 1993, 06 नवम्बर 1998
- युगश्री, अक्टूबर 1995
- जनसत्ता, 05 मार्च 1993, 12 मार्च 1993, 23 अक्टूबर 1998, 24 अक्टूबर 1998
- दैनिक हिन्दुस्तान, 10 मई, 1992

- राष्ट्रीय सहारा, 27 जनवरी, 2002
- शमा (उर्दू), फरवरी 1976, जनवरी 1985

इंटरव्यू

सलीम ख़ान	लेखक, अभिनेता
देवानन्द	अभिनेता, निर्देशक, निर्माता
धर्मेन्द्र	अभिनेता, निर्माता
लेख टण्डन	निर्माता, निर्देशक
सुभाष घई	निर्माता, निर्देशक, लेखक, अभिनेता
नलिनी जयवन्त	अभिनेत्री
बेगम पारा	अभिनेत्री
रंजीत	अभिनेता
जावेद जाफ़री	अभिनेता
अफ़सर मज़हर ख़ाँ	अभिनेता मज़हर ख़ाँ के पुत्र
सन्दीप पहावा	प्रोड्यूसर बसन्त लाल पहावा के भतीजे
शाहिद अली ख़ान	अजीत के पुत्र
शहज़ाद अली ख़ान	अजीत के पुत्र

❑❑

Kalicharan
“Sara shehar mujhe lion ke naam se jaanta hai